失语者

[韩] 韩江 著

田禾子 译

희랍어 시간

九州出版社
JIUZHOUPRESS

图书在版编目（CIP）数据

失语者 /（韩）韩江著；田禾子译. -- 北京 : 九州出版社，2023.9（2024.12 重印）
ISBN 978-7-5225-1891-6

Ⅰ. ①失… Ⅱ. ①韩… ②田… Ⅲ. ①长篇小说－韩国－现代 Ⅳ. ① I312.645

中国国家版本馆 CIP 数据核字（2023）第 101586 号

희랍어 시간 (GREEK LESSONS) by Han Kang
Copyright © Han Kang 2011
This edition arranged with ROGERS,COLERIDGE&WHITE LTD (RCW)
through Big Apple Agency, Inc., Labuan, Malaysia.
Simplified Chinese edition copyright: 2023 by Beijing Xiron Culture Group Co.,Ltd.
All rights reserved.

版权登记号：图进字 01-2023-3424

失语者

作　　者	（韩）韩江 著　田禾子 译
责任编辑	云岩涛
出版发行	九州出版社
地　　址	北京市西城区阜外大街甲 35 号（100037）
发行电话	（010）68992190/2/3/5/6
网　　址	www.jiuzhoupress.com
印　　刷	河北鹏润印刷有限公司
开　　本	880 毫米 ×1230 毫米　32 开
印　　张	5.75
字　　数	108 千字
版　　次	2023 年 9 月第 1 版
印　　次	2024 年 12 月第 5 次印刷
书　　号	ISBN 978-7-5225-1891-6
定　　价	56.00 元

★版权所有　侵权必究★

目录

失眠治疗…100

作茧的人…180

希望跟着走

1

"我们中间横亘着刀。"博尔赫斯给他曾经的秘书——美丽而年轻的日本混血儿玛利亚·儿玉留下遗言，要求将这句话作为自己的墓志铭。玛利亚·儿玉与八十七岁的博尔赫斯结婚，陪伴他度过了一生中最后的三个月，并在日内瓦为他送终，那个他曾度过少年时期并想在此长眠的城市。

一位研究者曾在自己的论著中称这句简短的墓志铭为"锋利的象征"，是通往博尔赫斯文学世界意味深长的钥匙，是现存的文学作品与博尔赫斯式写作之间横亘着的刀。与坚信这种说法的这位研究者不同，我认为这个表达是一种极度安静与私人的告白。

这句话引自古代北欧的叙事诗。讲述了一个男人与一个女人在一张床上共度的第一个也是最后一个夜晚。在凌晨到来之前，两人中间一直放着一把长刀。那"锋利"的刀刃，不正是横亘在晚年的博尔赫斯与世界之间的失明吗？

我虽曾去过瑞士旅行，但未去日内瓦，并未想过一定要亲眼看看他的墓。不过我去了圣加仑修道院图书馆，如果博尔赫斯曾经来过的话，一定会非常惊叹（想起为保护千年之久的图书馆的地面，让游客们感到十分麻烦的带毛拖鞋的触感）。我在卢塞恩港口乘船，直到傍晚穿过被冰覆盖的阿尔卑斯峡谷。

无论在任何地方，我都不拍照。风景只会记录在我的眼睛里。反正，无法承载在相机中的声音、气味和触感，都会一一刻在耳朵、鼻子与手中。我与世界之间还没有刀，在那一刻这样就已经足够了。

2

沉 默

女人把两只手搭在胸前，皱着眉头看黑板。

"来，读一次。"

戴着厚厚镜片的男人微笑着说。

女人张开嘴唇，舌尖抵住下嘴唇。搭在胸前的两只手静静地，但也快速地摩擦着。女人的嘴张了张又紧闭起来，屏住呼吸，然后深深地吸了一口气。仿佛为了表示有耐心等待，男人向黑板后退一步，说：

"请读一次。"

女人的眼皮抖动着，像是昆虫们快速摩擦着的羽翼一般。她用力闭上眼睛再睁开，仿佛是希望再睁开眼睛的瞬间，自己已经转移到另一个空间一样。

男人用沾满白色粉笔末的手指扶了扶眼镜。

"快，请读一次。"

女人穿着黑色高领毛衣和黑色裤子，挂在椅子上的夹克也是黑色的，放在巨大的布包中的围巾也是用黑色的毛线织成的。在仿佛是服丧期的穿着之上，她那粗糙的脸庞，像故意捏得长长的泥塑一样虚弱。

她是个既不年轻，也不特别漂亮的女人。虽然有着聪明的眼神，但因为经常性眼皮痉挛而很难被发现。好似想要躲在黑色的衣服里躲避世界一样，她的背和肩膀弓着，指甲也剪得不能再短了。左手腕上戴着绑头发的黑红色塑料头绳，那是女人这一身穿戴中唯一有颜色的东西。

"大家一起来读一下。"

男人不再等待女人的回答，而是把目光投向和她坐在一排的青涩大学生，将一半身体藏在柱子后面的初老青年，以及微微驼背坐在窗边的大块头青年身上。

"爱莫斯，爱莫泰罗斯。我的，我们的。"

三名学生用低沉的声音害羞地跟读。

"索斯，灰莫泰罗斯。你的，你们的。"

站在讲台上的男人看上去三十五六岁，体形偏小，眉毛和人中的线条非常明显。嘴角挂着克制的淡淡微笑。深蓝色的夹克袖口部分是浅褐色的皮革，显得有点短的袖子里露出了手腕。从他的左眼眼角到嘴角间有一条明显的疤痕。女人默默地看着他，在第一堂课第一次看到这个伤疤时，她曾觉得那像标注着很久以前流泪之地的古地图。

在淡绿色镜片的眼镜后面，男人的眼睛看着女人紧紧闭着的嘴。他的嘴角收起微笑，转过僵硬的脸，在黑板上写下一句简短的希腊语句。还没来得及标注重音，粉笔就滚落下来。

*

去年春天，女人满手沾着粉笔上的白灰倚在黑板前。她呆呆地站了有一分多钟，学生们开始嘀嘀咕咕起来，因为她终于找不到下一个单词了。她瞪圆了眼睛，既没有看学生，也没有看天花板或窗外，而是看着正前方的空中。

"您还好吧？老师。"

坐在第一排长着自来卷和可爱眼睛的女学生问道。女人虽然想挤出一个笑容，但也只是眼皮短暂地颤抖了一下。她紧紧地咬住发抖的嘴唇，从比舌头和喉咙更深的地方，她低声说着：

那个又来了。

四十多名学生面面相觑，怎么回事？到底怎么了？低声的疑问遍布课堂。她能做的事只有一件，就是冷静地离开那里。她尽最大努力离开教室，走到走廊的一瞬间，隐秘的低语突然像提高音量的音响一样变得乱哄哄的，湮没了走在石质地面上高跟鞋的声音。

女人从大学毕业开始的六年多时间里都在出版社与编辑代理公司工作，辞职后大约七年的时间在首尔周边的两所大学和艺术高中里教文学课。每隔三四年都会出一本倾注心血编撰的诗集，已经有三本了。连续多年在隔周出版的图书评论杂志上连载专栏，最近作为还没有确定刊号的文学杂志的创刊成员，每周三下午都要进行策划会议。

但因为"那个"的再次来临，她将这所有的工作都中断了。

"那个"的来临，没有任何原因，也没有任何征兆。

半年前她的母亲去世了，几年前她离了婚，经过三次诉讼最终还是失去了九岁儿子的抚养权，那个孩子去前夫的家里住已经五个月了。送走孩子之后她患上了失眠，每周都去看一次心理医生。但那位年过半百的心理医生始终不明白她为什么要否认这些明显的原因。

不是的。

她在桌子上的白纸上写着。

没有那么简单。

那是最后一次咨询。用笔谈进行的心理治疗时间太长，产生误会的空间太大了。她还郑重地拒绝了心理医生要给她介绍专攻语言问题的其他医生的提议。最重要的是，她已没有支付高价心理治疗费的经济能力了。

*

女人说她在幼年时期算是聪敏的。她的母亲在最后接受抗癌治疗的一年里，只要有空就会给她灌输这一点。仿佛在死之前最需要确认的事情就是这一件。

关于语言方面的那些话也许是真的。她四岁的时候就自己学会了韩文，是在还不会区分元音和辅音之前，将整个字背下来的。已经上了学的哥哥学着班主任的样子，给她解释字体结构的时候，她才五岁。听解释的时候只感觉茫然，静静坐在早春下午的院子里，她的脑子里却一直是元音和辅音。但是，当

发现说"나（na）"的时候的"ㄴ（n）"和说"너（no）"的时候的"ㄴ（n）"，会发出微妙的不同的声音之后，她又发现念"사（sa）"和"시（si）"时的"ㅅ（s）"确实也发出不同的声音。在脑海中回想着所有有两种发音的元音，却又发现只用"ㅡ（eu）"和"ㅣ（i）"组成的元音并不存在，也没有写成这样的字。

这种朴素的发现曾给了她多么真实的兴奋和刺激啊。在二十多年后心理医生问她，最初的强烈记忆是什么时，她想起来的竟然是在那个院子里落下来的阳光，被阳光照耀而变得暖和的后背与脖子的感觉，以及用棍子在泥土里写下的文字。

从上小学开始她就在日记本后面写单词。没有任何目的和缘由，只是些觉得印象深刻的单词。其中她最喜爱的是"숲"[1]，一个像旧式古塔形状一样的字。"ㅍ"是基底，"ㅜ"是塔身，"ㅅ"是塔的上端。要发出"ㅅ-ㅜ-ㅍ"的音时，首先要把嘴唇聚拢起来，随后像风轻轻在吹一样，她喜欢这种感觉。接着是紧闭的嘴唇，用沉默完成的话。发音和含义，还有形状都被寂静包裹着的那个单词所吸引，她写着，树林，树林。

---

1 숲，韩文中树林，树丛的意思。发音为 sup。本书注释均为译者注。

但与母亲"特别聪明"的记忆相反，直到初中毕业，她都是个不引人注意的孩子。从来不引起话题，成绩也不突出。虽然也有几个朋友，但不会放学之后还一起玩耍。她是一个除了洗漱的时候，从来不会站在镜子前的沉闷女学生。对恋爱连朦胧的幻想几乎都没有过。下课后在学校附近的国立图书馆里读书，回到家也趴在被子里读着借回来的书入睡。知道她的人生被剧烈分成两段的人只有她自己。在日记本后面写下的单词们自己移动着组成陌生的句子，像蝌蚪一样的单词随时闯入梦境叫醒她。每晚她都会被惊醒好多次，睡眠越不好，神经就越衰弱、越敏感。偶尔，无法说明的痛苦像烧红的铁块一样，灼烧着她的胸口。

最令她痛苦的是，张开嘴吐出的每一句话都听上去清楚得令人窒息。不管是多么不起眼的句子，它的完整和不完整、真实与虚假、美好或丑陋都像冰块一样清晰地显现。她感觉自己的舌头和手中发射出的句子像白色蜘蛛网一样，非常羞耻。想要呕吐，想要尖叫。

终于，"那个"来的时候是她刚刚十七岁的那个冬天。犹如数千根针织成的衣服一样禁锢她、刺痛她的语言突然消失了。虽然她的耳朵清楚地听到了声音，但沉默却如厚重而紧实的空气层，堵在了耳蜗和大脑中间的某处。为发音而存在的器官——舌头和嘴唇的记忆、紧紧地握着粉笔的手的记忆，也因为那模糊的沉默而再也没有拾起。她开始不再用语言思考，不用语言行动，不用语言理解。像学习语言之前一样，不，像获得生命之前一样，吞噬时间的沉默如轻柔的棉花一样包裹着她的身心。

她和受到惊吓的母亲一起去医院的精神科，把拿到的药藏在舌头之下，然后偷偷埋在花坛中。她蔫蔫地坐在小时候感受元音和辅音的院子中，晒着午后的阳光，就那样度过了两年。在夏天到来之前，晒在太阳下的脖子变黑了，总是出汗的鼻梁上长出了红红的疹子。吸收着她埋在花坛的药片而长大的鼠尾草长出了深红的花蕊时，母亲和医生商量后决定把她送回学校去。待在家里也不会有什么帮助，而且也确实该升学了。

但二月的时候只收到了普通学校的入学通知书。第一次去的公立高中的课程可以说是死气沉沉的，课程进度早已经比她所学的快了好大一截。老师们不管年纪如何都显得高高在上，也没有哪个同学会对一句话都不说的她有任何关心。每当被老师点名要读课文或体育课上报数的时候，她只能呆呆地看着老师，然后总是被赶到教室最后面或被打耳光。

与母亲和医生的期望相反，集体生活的刺激并没有让她的沉默出现转机，变得更加深沉的寂静反而填满了像圆缸一样的她的身体。在拥挤的回家路上，她仿佛在巨大的肥皂泡中移动，毫无重量地行走。在如从水底看向水面外的寂静中，车发出怪声飞驰而过，行人的手臂锐利地刺痛着她的肩膀和胳膊，然后消失了。

很久以后，她开始思考。

在马上就要放假的那年冬天，一堂不起眼的课上，如果那个普通的法语单词没有映入她的眼帘，如果不是如退化的器官无心之中想起了语言，她会怎么样。

既不是韩文也不是英语，偏偏是法语。也许是因为从高中开始选择学习这种陌生外语的缘故。像平时一样，她默默地看着黑板，然后视线停留在了一个地方。身材矮小、将近半秃的老师指着那个单词，然后发音。她已经很久都没动过的双唇突然像孩子一般想要动起来。

皮布利欧带格。

在比舌头和喉咙更深处的地方，有一个声音响起。

那是一个多么重要的瞬间啊，虽然她还没发觉。

恐惧还未到来，在沉默的内心露出滚烫的回路前，痛苦还在犹豫。在笔画、音韵和松散的意义相遇的地方，喜悦与原罪一起，如炸药的引子一样慢慢被点燃。

*

女人把双手放在桌子上，像个等待指甲检查的小孩一般端正地低头坐着，听男人的声音回响在教室里。

上节课我们讲了古代希腊语除了有被动态和能动态，还有一个第三形态。和她坐在一排的男学生使劲点点头，是个两颊微胖、额头长满青春痘、看上去聪明伶俐的哲学系二年级学生。

女人把头转向窗户一边，看到了医学史研究生的侧脸。他虽然吃了很多苦从医学预科毕业，但因为觉得要为别人的生命负责这种工作不适合自己，就转为医学史硕士。胖胖的脸上戴着一副黑框眼镜，大块头的他看上去很好相处，课间休息时总是和满脸青春痘的大学生大声说着无关痛痒的笑话。但是一开始上课，他的神态就变了，很明显能感觉出他害怕出现失误，每分钟都很紧张。

我们叫作中间态的这一形态，用来表达对主语有着递进影响的行为。

窗外冷清的单元楼里亮着星星点点的暗黄色灯光。还未长出叶子的阔叶树将黑瘦枝干的轮廓深藏在黑暗中。她静静地看着这荒凉的风景、大块头研究生担忧的脸庞和希腊语老师不显露血管的手臂。

二十年后再次来临的沉默不像从前那样温暖，也没有那样浓密，更不轻快。如果说最初的沉默与出生之前较类似的话，这次的沉默仿佛死之后一样。或者说，过去像从水中透过眩晕的水花看外面的世界，而现在的沉默变成踩着坚硬的墙壁和地面走着的影子，从外面看盛放在巨大的水池中的人生。每一个词语都能清楚听见也能读懂，但无法张开嘴发出声来。如此冰冷而稀薄的沉默像失去肉身的影子，像死木的空心，像陨石与陨石之间黑暗的空间。

二十年前，她没有想到会是陌生的外语打破了沉默。现在她在这个私人补习班里学习古代希腊语，正是因为想依靠自己的力量重新找回语言。一起听课的同学们盼望着读柏拉图、荷马、希罗多德的原文，或是用古希腊语写成的后世文献，她统统都没有兴趣。如果开设有更陌生的缅甸语或梵文的话，她会毫不犹豫地选择它们。

……举例来说，如果用中间态写"买"这个动词，就代表"买了什么，最终我获得的那个东西"的含义。比如，用中间态写"爱"这个动词，就是说"爱着什么东西，那个东西对我产生了影响"的意思。在英语中有"kill himself"这样的表达对吧？在希腊语中不需要用"himself"，只要用中间态就可以一个单词表达这个意思。男人一边这样说一边在黑板上写。

διεφθάρθαι.

她仔细地看了看黑板上写的字，然后拿起笔在笔记本上抄写下这个单词。她之前没有接触过规则这么严格的语言。动词根据主语的格、性别、数量的不同，根据好几个阶段的时态的不同，根据三种不同的态而一一变化着形态。但又因为令人震惊的精巧而严密的语法规则，句子反而都很简单精悍。没有必要一定要写主语，甚至没有必要按照正确的语序。只要主语是一个第三人称的男人，加上一个事情总会发生的完结时态，再根据中间态产生的变化，这一个单词就浓缩了"他曾经想总有一天要杀了自己"的意思。

八年前，她生下一个孩子，但现在却再也不能抚养了。孩子最开始学习说话时，她曾经做过一个梦。梦里，人类所有的语言都浓缩成一个单词，那是一个让她后背湿透、无比生动的噩梦。那个单词浓缩了巨大的密度和重力，有谁张嘴发出它的音，就会像太初的物质一样爆发、膨胀。每次为了哄难以入睡的孩子而打瞌睡的时候，她就会做那个梦，难以承受其重的单词的结晶像冰冷的炸药一样被安置在不停跳动的心房中间。

紧紧抑制住只要一想起就会后背发凉的那种感觉，她写下。

$\delta\iota\epsilon\varphi\theta\acute{\alpha}\rho\theta\alpha\iota\cdot$

像冰柱一样冰冷而坚硬的语言。

从不等待与任何单词结合成句，极度独立自主的语言。

无法后退的，只有决定因果和态度后才能张开嘴的语言。

*

夜晚并不平静。

从半个街道之外传来的高速路噪声，像数千把冰刃一样割着她的鼓膜。

开始垂落的紫玉兰的残败花瓣在路灯照射下发着光。她穿过被盛开的枝叶压弯的花朵，走在花瓣被踩碎后香气四散的春夜的空气中。即使知道自己的脸上什么都没有，她还是偶尔要用双手擦拭一下脸庞。

信箱里塞满了传单和缴税通知单，她笨拙地站在电梯旁，在一层门口拿出了钥匙。

因为想通过再次上诉争夺孩子的抚养权，所以家里孩子的痕迹还原原本本地保留着。破旧布沙发旁边的低矮书柜里塞满了孩子三岁之前读的绘本，用动物贴纸装饰的硬纸盒子里放满了大大小小的乐高玩具部件。

几年前，为了能让孩子尽情玩耍而特意选了一层的房子。但是孩子并没有使劲跺脚或跑来跑去，她对孩子说在客厅练习跳绳也没关系，孩子反问她："蚯蚓和蜗牛不会觉得吵吗？"

孩子比同龄的其他孩子体格小，骨骼瘦弱。读到有恐怖情节的书时会高热到三十八摄氏度，紧张的时候会呕吐或腹泻。因为孩子是前夫家里的长孙，也是唯一的男孩；因为孩子现在已经不像原来那么小了；还因为她的前夫一直认为她精神上太过于敏感而给孩子带来了不好的影响——十多岁时在精神科的诊疗记录被作为不利证据提交——与去年升职到银行总公司的前夫相比，她的收入显得相当微薄而不稳定。因此她在最后一次审判中败诉了。现在连唯一的收入来源也没有了，完全不可能再进行下一次诉讼。

*

她没有脱鞋，倚坐在玄关拐角，放下装着厚厚的希腊语课本和字典，还有作业本和乱糟糟笔筒的包。闭着眼睛一直等到闪烁着黄光的感应灯熄灭。刚一变黑她就睁开眼睛，映入眼帘的是因为黑暗而看上去黑漆漆的家具、黑色的窗帘和沉睡在寂静中的黑暗阳台。她慢慢地张开嘴唇，却最终合上了。

并没有火苗点燃装在心脏上的冰冷火药。像不再流血的血管内部，像停止工作的升降机入口，她的嘴里空荡荡的。她用手擦拭着依旧瘦弱的脸颊。

如果在流过泪的路上画一幅地图的话。

如果在流淌出话语的路上刻下针的痕迹、血的印记的话。

　　但那是特别可怕的一条路。

在比舌头和喉咙更深的地方，她喃喃自语。

3

那是十五岁那年的初夏。

满月藏在阴沉而厚实的云朵里时隐时现，那是一个周日的晚上。我一边抬头看着仿佛怎么擦拭都还是会有一两处黑点的银汤匙般的圆月，一边走在小路上。瞬间，神秘如某种不安信号的月晕画了一个紫色的圆，在云层之上扩散开去。

从在水逾里[1]的家出发到"4·19塔"十字路口，乘公交车只需要坐三站。但因为本来就走得慢，时间一下子不早了。刚想走进街角的书店时，旁边音像店里摆着的好几台电视机上同时开始播放晚间九点新闻。我走进书店，身穿皱巴巴的灰色衬衫和宽松背带裤的男主人正准备关店门。我请求他给我五分钟的时间，然后赶忙跑到书架前开始挑选书。那时挑选了两本

---

1 水逾里，现为韩国首尔市江北区的一片区域。

书，其中一本正是这本书，博尔赫斯关于佛教演讲的译本。

对于那时的我来说，一个月前和母亲还有妹妹一起去的燃灯会就是佛教的全部了。就那时的我短暂的人生而言，可以说一生中见过的最美的光景在那天的白天和夜晚都经历了。将数十张薄薄的紫红色纸片一张张抚平褶皱，然后做成花瓣的样子粘成一朵燃灯，燃灯在阳光照射下飘浮在大雄宝殿的前院中。在供奉间旁边的榉树下吃过寺庙中特别准备的没什么味道的面条后，我们就开始等待日落。终于开始点灯了，我瞬间像灵魂出窍般看呆了。温暖的烛光在燃灯内静静地亮起来，数百盏红白相间的纸灯在如墨般厚重的黑暗中随风摇曳。母亲催促着我回家去，我却已经移不开自己的脚。

那个周日上午，母亲告诉我两个月后我们全家要离开韩国。为何我会清楚地想起那时的那些纸灯呢？我隐隐约约地感到那些烛光给我的冲击来自对宗教的敬畏感和一些其他的什么东西。用母亲给的厚厚一沓钱去买基础德语课本和会话磁带的那个傍晚，我还贪心地买了《经集》（*Sutta Nipata*）和《法句经》的文库版，还有悬岩寺出版的砖瓦图案封面的《华严经讲义》和《涅槃经讲义》。仿佛是模糊而迷信地希望，把这些书漂洋过海运到地球另一边的德国去，家族和我的命运能变得稍微安稳一些。

选中博尔赫斯的这本薄书，是期待这本西方人写的书也许是本初级入门书。在绿色的封皮上，印刷着双手合十在胸前的博尔赫斯的黑白照片，他微闭双眼，好像在祈祷或忏悔着什么。那个时候的我并没有多么留心地看过。

在德国的十七年间，我慢慢地、反复地读这些书，有些晚上只是为了回想起韩文长什么样子，所以没有把它们收回书柜，就这样一起度过了很长的时间。无论打开哪一本书，我的手臂都能感受到那年初夏夜晚水逾里阴凉的空气。也因为这些书而一直没有忘记那暗沉沉如银汤匙一样的月亮，以及神秘而像不安信号一样的紫色月晕。

其中我最喜欢的书就是悬岩寺出版的《华严经讲义》（用那么灿烂的无数意象汇聚而成的思维体系，我没有从那之后的任何书中见到过）。相反，博尔赫斯的这本书和我想的差不多，内容简单凝练，很快就读完了，之后就一直放在书架上。随着时间流逝，直到进入大学后用德语去读他的小说和传记，才反复多次用心阅读。

今天早上，又想起这本绿色封皮的书，就去仓库中找了出来。一张张翻去，发现了用粗犷的笔迹记录的标记。就在博尔赫斯口述的这句"世间为幻，活即是梦"的正下方：

那个梦为什么会如此生动？为何会涌出鲜血和热泪？

然后是用德语写的"生命，生命"，用粗线画了一横道，之后又擦掉的痕迹。

看上去的确是我的笔迹，却完全想不起来是什么时候写的了，只能看出是德国学生们记笔记时最常用的深蓝色墨水。

我打开书桌抽屉，找到了破旧的皮质笔袋。我的钢笔就在这里。从到德国后一直到大学二年级，虽然换了好多次笔芯，但还是一直使用。除了有一点点磨痕，外壳上没有任何破损。为了把笔芯里已经干掉的墨水化开，我把钢笔拿到卫生间。吸满水池里干净的清水，把笔芯装好，深蓝色的笔尖划出一条晃动的曲线，散开在清水中。

4

μὴ αἴτει οὐδὲν αὐτόν.

请什么也不要问他。

μὴ ἄλλως ποιήσῃς.

请不要用其他方法。

女人沉默地坐在朗朗跟读的学生中间，希腊语老师再也
没有指责过她的沉默。他的背影倾斜着，握着松软布质黑板
擦的手和胳膊大幅移动，将写满黑板的文字擦干净。

直到他停止动作，学生们都很安静。坐在柱子后面体形
瘦弱的中年男人费力地伸展腰，用拳头敲打脊柱。满脸痘痘
的哲学系学生的手指不停滑动在桌子上的手机液晶屏上。大
块头研究生注视着黑板，张开与身形正相反的薄薄嘴唇，用
听不见的声音跟读消失的单词。

"从六月开始，我们会读柏拉图，当然语法也会一起学习。"

希腊语老师将上身倚靠在擦干净的黑板上说，用没有握白粉笔的左手推了推眼镜。

"人类从沉默，到用'啊啊、呜呜'等还未分离的音节进行沟通，在最初创造了几个单词后，语言渐渐有了体系。体系到达顶峰时，语言就会有极度精巧而复杂的规则。学习古语很难的原因就在于此。"

他用粉笔在黑板上画了一道抛物线，左边上坡的角度很陡峭，右边的下坡平缓而长，他用拇指指着抛物线的顶端继续说。

"到达顶点的语言从那一瞬间开始画出平缓圆满的抛物线，变化成更容易使用的形态。从某种意义上来说，虽是一种衰退和淘汰，但从另一个角度看也是一种进步。今天的欧洲语言就经过了这个漫长的过程，而变成不再那么严格、精巧而复杂的产物。阅读柏拉图的著作，可以感受几千年前达到顶峰的古代希腊语的美好。"

在说下一句话之前男人停顿了一下，坐在柱子后面的中年男人用拳头捂住嘴短暂而清脆地咳嗽了几声，当他又长长地咳嗽了一下后，额头上长满痘痘的大学生回过头来不高兴地瞥了中年男人一眼。

"比如说，柏拉图使用的希腊语就像刚刚摘下的新鲜果实，他以后世代的古代希腊语急速衰退。随着语言消失，希腊国家也最终灭亡。从这一点来说，不仅是语言，柏拉图仿佛站在周围所有东西的夕阳前一样。"

她虽然认真地听他说话，但并不是每一句都能集中。一句话像长长的鱼被锯成段，像鱼鳞一样的助词与语尾在还没有分离之前堵在她的耳朵里。从沉默。啊啊、呜呜。没有分离的音节。最初的几个单词。

失去语言之前——还在用它写文章的时候——她偶尔盼望自己使用的语言与那些更近一些。呻吟或低低的叫声，无声忍受疼痛的声音，狼叫声，在睡梦中哄孩子的声音，呵呵的笑声，嘴唇闭合又张开的声音。

她看着自己刚才使用的单词的形状，有时想张开嘴读它们。她这才后知后觉地明白，那如夹在架子上的肉体一样扁扁的形状，和自己想要读出它们的声音是多么不同。停止读之后她总是咽下唾液，像马上按住伤口止血，或者相反地，把血尽量多地挤出，阻挡细菌进入血管一样。

5

声 音

如果你现在在读这封信——如果这封信没有退还给我——你和你的家人应该还住在那个医院的二层吧。

十八世纪时作为印刷所而建的那座石雕建筑，现在应该已经被爬山虎叶子遮盖起来了吧。一直延续到中庭的石阶缝隙中，小小的三色堇盛开又凋谢了吧。蒲公英应该也都被吹散，只剩下像灵魂一样稀疏的花骨朵儿了吧。像重重写了一笔的符号般的野生大蚂蚁，现在也应该在院子台阶边缘打转吧。

每次见到你的孟加拉母亲时，她都披着不同颜色的纱丽，她还像之前一样美丽吗？你那用深邃静谧的灰色眼睛检查我的眼球的德国父亲，他现在还是眼科医生吗？你说你生下的那个女儿，现在长大了吗？正在读这封信的时候，你是为了让祖父母见外孙女才带她回到家里吗？你会去看看自己住过的北边那间房子，然后推着婴儿车到江边散步吗？你会在喜欢的那座桥前面的长椅上坐下休息，拿出总是放在口袋中的胶片底片，遮起眼睛去看太阳吗？

第一次和你并肩坐在那座桥前面的长椅上时，你突然从牛仔裤的口袋中掏出两块胶片底片。你用黑瘦的手臂拿着胶片，遮在眼睛上抬头看太阳。

我的内心无法抑制地激动起来，因为之前我也见过你的这个动作。

第一次在你父亲的医院接受治疗，是那年六月初的一个午后。在丁香花盛开的医院院子里的铁质长椅上，把一头乌黑长发紧紧扎起来的你，正拿着一块胶片仰头看太阳。面无表情地坐在你旁边的男护士也向你伸手要了一块胶片。虽然都已经是大人了，你们却并排坐着，一人闭一只眼睛，拿着一块胶片抬头看太阳。这样子让人不禁想笑。

你们并没有发现我在玻璃门后面偷看，男护士放下胶片向你说了什么。你很认真地看着他的嘴唇，突然那个男人笨拙而飞快地亲了你的嘴唇一下。因为你们两人看上去明显不是情侣，所以我吃了一惊。你好像也受到了惊吓，身体猛地向后挪动。但马上，像原谅了他一样，你飞快地在他脸颊上也亲了一下，仿佛是种一起看过太阳之后产生的友情的宽泛礼节。你轻轻站起来，夺走男人手中的胶片。男人脸红着不好意思地笑笑，你也笑了。男人一直不好意思地看着你没说什么而转身离去的背影。

那几分钟里的情绪给当时十七岁的我留下多深的印象，你应该不会知道。不久后，我知道了你是那家医院院长的女儿，刚出生不久时因为发热失去听力。两年前从特殊学校毕业后，就在医院大楼后面的仓库里制作木家具为生。但是这些消息，却不能完全解释我在那天看到的那个场景的凄凉之感。

在那之后，每次为看病而走进医院大门时，每次从你工作的仓库里传来电锯声音时，每次远远地看到你穿着工作服漫无目的地在江边散步时，我总是会像突然闻到丁香花香气一样发呆很久。从未与谁接过吻的我的嘴唇，常常像触碰到微弱的电流一样，秘密地抖动。

你长得更像你母亲。

虽然扎起的黑色头发和褐色皮肤也很美，但最美的还是你的眼睛。因长期独自工作而坚毅至极的眼睛；同时蕴含着真诚与调皮、温暖与悲伤的眼睛；从不轻率判断，总是先听对方讲述的眼睛；大大地睁着又漫不经心闪动的黑色眼睛。

现在也许是个轻拍你的肩膀、向你讨要口袋里的胶片的好时候，但我却没有那样做。在你把胶片从眼睛上拿下来之前，我只会呆呆地看你圆圆的额头，额头上飘动又黏上去的细卷碎发，像拥有纯正血统的印度女人一样，只要用宝石稍加装饰就会完美的鼻梁，还有附着在那上面的汗珠。

"……能看到什么？"

在我问的时候你一直仔细地看我的嘴唇。瞬间，我理解了那个面无表情的男护士。即使知道你的视线是为了读懂我在说的话，也会突然想要和你接吻。你从破旧的工作衬衫前的口袋里拿出一个本子，用笔写道：

用你的眼睛自己看。

那个时候我的视力已经很不稳定了。轻率的眼部手术也许反而会让失明提前，你的父亲耐心地向我解释临床诊断的结果，为了不流露出不值钱的同情心而故意摆出冷静的表情。

"虽然没有完全证明强光对视力有害，但还是小心为好。"他这样建议道。在太阳光线强烈的白天要戴好遮阳镜，多在晚上昏暗的灯光下活动。我觉得戴黑色太阳镜像明星一样很扎眼，于是选择戴一种淡绿色的眼镜生活。即使用胶片遮挡住，直视太阳这件事还是无法想象。

察觉到我的犹豫，你又在本子上写。

以后。

经过数不清的笔谈来交流的你的手快速而准确。

在完全看不见之前。

那是我第一次知道你清楚地了解我的病之后会是什么样子。仅仅是想象你的家人在餐桌上说起我的病情的场景，对我来说就已经是很深的伤害了。

我沉默着。你把本子收起来放回口袋里，等待着我的答复。

我们望向江面。

像只有这件事被允许一样。

那时我突然感受到了一种陌生的伤感，但马上就明白那并不是来自刚刚的伤痛或侮辱感，更不是因为对未来的恐惧或挫败感，而是因为我离完全看不到的日子还很远、很久。苦涩而甜蜜的这份伤感从近得无法相信的你的侧脸，从仿佛流动着细微电流的你的嘴唇上，从你那明亮的黑色眼睛中流淌出来。

映照在七月阳光下的江水像巨大鱼类的鳞一般翻腾闪烁，你突然将黑瘦的手搭在我的胳膊上，我颤抖地抚摸着那上面凸起的深蓝色静脉血管，恐惧着的我的嘴唇终于触碰到你的嘴唇的那个瞬间，现在这些记忆都在你心中消失了吗？在那座破旧的桥前面，你的女儿从婴儿车中探出头来喊着妈妈，你会把胶片放进口袋里，慢慢起身吗？

虽然已经过去将近二十年，但那瞬间的一切都没有从我的记忆中消散。不仅是那个瞬间，就连和你在一起时最恐怖的瞬间，都原原本本、鲜活地存在。比起我的自责、我的后悔，更令我痛苦的是你的脸庞。完全被泪水打湿的脸庞，还有打在我脸上的，操练了十几年木工活儿的坚硬拳头。

你会原谅我吗？

如果无法原谅我的话，可以记住我一直在请求你的原谅吗？

*

离你父亲预告的四十岁越来越近，但我现在还可以看见。也许未来还能再看到一两年。因为是这么多年一直慢慢进行的事情，早已不需任何心理上的准备。就像犯人会将讨来的香烟抽很久一样，我也只是在光线很美的日子里，坐在家门口的巷子中，度过长长的一天而已。

首尔外围的这条商业街里来往着形形色色的人。粗糙地把校服裙缩短、戴着耳机的女学生；穿着松垮的运动服、露出啤酒肚的中年男子；像刚从时尚杂志里走出来一般，穿着得体连衣裙在和谁打电话的女人；一头短短的白发、穿着装饰满亮片的毛衣的老太太，慢悠悠地正点着烟。总感觉哪里传来骂街声，路上飘散着从食堂里传出的汤饭味儿，骑自行车的少年故意大声打车铃，晃晃悠悠地从我前面骑过去。

虽然已经戴上最高度数的眼镜，但这些事物的细节我现在已经看不到了。可以朦胧地看到形象和动作，细节只能通过想象来让它变得清晰。女学生的嘴唇随着音乐微微张合，下嘴唇左边像你一样应该有一颗小小的痣；中年男子的运动服袖子沾上灰尘，变得油腻，原本白色的鞋带几个月都没洗，应该已经变成深灰色的了；骑自行车的少年的额角应该流满汗珠；露出不一般派头的老太太抽的烟应该是细长而柔和的种类，毛衣上缀满的小小螺钿亮片应该是玫瑰或绣球的花纹。

就这样对一边想象一边观察别人的事情快感到无聊的时候，我也会慢慢向山上走去。绿色的树木一起随风晃动，花开出令人惊艳的色彩。我坐在山脚下一个小庙的院子台阶上休息，摘下厚重的眼镜，风景立刻变得完全模糊。人们普遍认为如果眼睛看得不太清楚的话，听力会变得很好，但这并不是事实。最先感觉到的东西是时间。像巨大的物质缓慢而残酷地流动般的时间，每一刻都通过我的身体，我慢慢被这种感觉压倒了。

因为天黑后我的视力就会急速下降，所以不到太晚我就回程了。回到家换上衣服，把脸洗干净。因为在你喜欢抬头看太阳的正午时分，我这里是晚上七点，要去给学生们上课了。在天色还未晚的时候到达个人开办的补习班，等待上课的时间。虽然在明亮的室内活动没什么问题，但晚上一个人走夜路还是不太方便，即使是戴了眼镜。晚上十点左右，课程全都结束，我会站在学院的大门前打一辆出租车回家。

你问我在学院里讲什么课？

星期一和星期四是希腊语初级班，星期五是精读柏拉图原著的中级班。一个班的学生最多也不过八个人，是由对西方哲学感兴趣的大学生和各个年龄段、各种职业的上班族组成的。

不管每个人的动机是什么，学习希腊语的人们之间或多或少有些相同点。走路的步伐和说话的速度大体上都比较慢，不轻易外露情绪（也许我也是这样的人吧）。是因为希腊语是很久之前的死语，是无法用口语进行交流的语言吗？沉默与害羞的犹豫，冷静地表达出的微笑，让教室里的空气渐渐被吞噬，渐渐凉下来。

我这里的日子就这样一天天平安无事地过去。

即使偶尔有什么值得记住的事情，也会被巨大而不透明的时间的体量而埋没，消失得无影无踪。

我第一次离开这里去德国的时候，是十五岁。离开德国回来时是三十一岁。那时我的人生可以说正好被两种语言、两种文化分隔开来。你父亲预告的四十岁之后的生活要在哪里度过，应该也是从这两个地方中选一个吧。当我说想回到使用母语的地方时，包括家人和老师在内的所有人都劝阻我。妈妈和妹妹问我，你回到老家要做什么工作呢？那么辛苦才考来的希腊哲学学位会像废纸一样没有用，最重要的是，我这种特殊的情况没有家人的帮助根本无法生活。但最终，我还是坚持先试两年再做决定，艰难地说服了她们。

在这里已经比最初决定的时间多生活了将近三倍，但我还是没能做出任何决定。感慨着疯狂思念的母语像山体滑坡一样从四方涌来的触觉，度过第一个季节后，冬天来临。首尔也像德国的城市那般变得陌生起来。在黑白的毛呢大衣和夹克中缩着肩膀的人们，顶着已经忍耐了很久的，并且不论多久仍然会忍耐的脸与我擦肩而过，在结冰的路面上匆匆走过。和在德国时一样，我面无表情地看着他们。

因此，我不陷入任何感伤或乐观中，就这样在这里生活。与特别羞涩的学生们，与雇用几个明星讲师开起人文学补习班的挑剔院长，与因为过敏性鼻炎而一年四季带着纸巾的短发打工生交换简短的对话，就是这生活里淡淡的一点喜悦。早上把当天要精读的文章用放大镜详细查看并背熟。仔细地看着洗手池上方的镜子里映照出我模糊的脸孔，每次心情愉快的时候，都会轻松地走在明亮的巷子和路上。也有眼睛突然很酸而导致流眼泪的时候，不知为何只是单纯的生理原因导致眼泪不停地流出，我会静静地转身背对马路，等待眼泪停止。

*

现在阳光照满你的整个脸庞，你正推着婴儿车准备回去吗？两岁大的女儿手里正摇晃着你给她采的一把狗尾巴草吗？没有直接回家，而是停在那座有百年历史的教堂前面了吗？用结实的双臂抱起女儿，把婴儿车交给保安，走进那凄凉的教堂里面了吗？

像在冰块中浸泡过的阳光穿过青色系的玻璃散落而下，耶稣看上去毫无痛苦地挂在十字架上天真地看向天空，天使们像暂时出来散步一样，在天空中轻快地走过。棕榈树那深绿色与更深绿色的叶片轻柔展开；灰青色头发的修道人穿着浅灰青色修道服，面露欣喜。不管看向哪里，这个教堂都找不到一丝痛苦的痕迹，这就是因此而让人感觉像是异教的圣斯德班大教堂。

和你一起从这座教堂中出来的那个久远的盛夏傍晚，你掏出小本子写字给我看。虽然从小就培养了信仰之心，但无论如何也无法相信真的存在天堂和地狱这样极端的场所。你反而觉得也许灵魂是真的存在，如果真的存在这种灵魂，那么神也一定存在于某处。这不仅不合逻辑，而且以完全非基督教的方式相信着基督教之神存在的你让我感觉非常有趣，所以大声笑了出来，然后接过你的小本子，写下我在哪里读过的，证明神并不存在的论证递给你。

　　　这世界上有恶与痛苦，有因此而牺牲的无辜之人。
　　　如果神善良却没能纠正那些的话，那么他就是无能的存在。
　　　如果神不善良但无所不能，却没有纠正那些，那么他就是恶的存在。
　　　如果神既不善良又不全能，那他就不能称之为神。
　　　因此，既善良又全能的神是不可能成立的错误。

　　真的生气时你的眼睛会变得很大。厚而密的眉毛竖起来，睫毛和嘴唇一起颤抖，每次呼吸的时候胸部都会随之起伏。你从我手中拿回笔，在本子上飞快地写。

　　　那么，我的神是善良而悲伤的神。如果你从这种愚蠢的论证中感到魅力的话，总有一天你自己也会突然成为无法成立的错误。

*

有时，我会用你尤其讨厌的希腊式论证法问自己。假设失去什么就会获得其他一些什么的命题是真的话，失去你我获得了什么呢？失去光明我又得到了什么呢？

将人类的所有痛苦、后悔、执着、悲伤和软弱通过真与假的网过滤后，如同打捞一把沙金的论证过程总是惊险而或多或少存有怀疑。大胆地抛出错误，一步一步走上狭窄的平衡木时，在自问自答的睿智语句的网之间，看到锋利的沉默在荡漾。但仍旧继续自问自答。将双眼浸泡在沉默中，浸泡在时时刻刻像水一般涌来的锋利寂静中。对于你来说，我为什么是一个这么愚蠢的恋人呢？对你的爱并不愚蠢，只是我自己太愚蠢了，所以连带这份爱也显得愚蠢了吗，还是我并没有那么愚蠢，爱情的愚蠢将我体内的愚蠢唤醒，最终毁掉了一切呢？

τὴν ἀμαθίαν καταλυέται ἡ ἀλήθεία.

这是一句真实将愚蠢破坏的中间态希腊语句子。真的是这样吗？真实破坏愚蠢的时候，真实也会受到愚蠢的影响而产生变化吗？同样地，愚蠢破坏真实的时候，愚蠢也会产生皲裂而一起粉碎吗？我的愚蠢破坏爱情的时候，如果说我的愚蠢也一同被粉碎的话，你会说我是在诡辩吗？声音，你的声音，过去二十年不曾忘记过的声音。如果我说我深爱着那个声音的话，你还会向我的脸上重重砸来一拳吗？

*

你曾经说过，在读了十几年的特殊学校的读唇术课上，你不仅学会了读唇术，也学会了说话的方法。在我和你用笔交谈这件事之后的一个晚上，我有了这样的想法。

你能不能用在那门课上学的方法说话呢？

那个夏天，我瞒着家人买了德语的手语教程，用挂在桌子旁边的小镜子照出我的样子，每晚都熟悉着上面的句子。练习一个小时手语后，后背和腋下经常是湿透的。但是一点也不辛苦、不无聊，对我来说那反而是人生中无法再次经历的美好夜晚。那时候我才第一次明白，陷入爱情和被鬼迷了魂魄是相似的事情。清晨睁开眼睛之前，你的面庞已经映入了我的眼帘；睁开眼睛之后，你的身影瞬间出现在天花板上、衣橱里、窗户上、大街上、遥远的天空中。即使是死去之人的灵魂也不可能那样执着。那个夏天的夜晚里，在我书桌旁的镜子中虽然映射出我流着汗练习手语的笨拙模样，但我却每瞬间都能看到重叠在上面的你的脸庞。

你和我说话了。

那天晚上，先用德语想起的那个句子，我又用母语反复说着。

一瞬间我想起的，是你整日工作的仓库里堆满的树木。我常常偷偷瞒着别人——特别是瞒着你的父亲，躲在那个地方看你工作的样子。你用电锯切割木板，用凿子修理，推着锯末的样子怎么看都不会厌。如果你工作到很晚，我就躲在角落中一直看着你。我还闻过、摸过为了干燥而贴在墙面上晾晒的木板。香气浓郁的杉树、白色的桦树、靠近时可以闻到淡淡香味的松树，还有和你平滑的肩膀很像的棕色年轮。

那时我模糊地想，你的声音大概是和那些原木的感触和味道相似的某种东西吧。

但我绝不是因为这样的好奇和幻想而想知道你的声音。那时我十七岁，你是我第一次爱的人。我想和你一起生活。我曾相信直到生命结束我们都不会分开，所以我很害怕。最终，我的眼睛会瞎，会再也看不到你。通过笔谈和手语我都将不能与你对话。

几周后，突然变得有点冷的一个周末下午，我没有感受到任何危险地、小心地，不，是像白痴一样单纯地问正泡茶休息的你。

"你能像在读唇术课上学到的那样，随便和我说几句话吗？"

你认真地看着我的嘴唇，迷茫地看着我的眼睛。我继续仔细解释："我们以后总会一起生活，而我的眼睛会盲，我的眼睛看不到的时候，就需要语言。"

你一定不知道我在脑海中有多少次想将时间拨回，我有多么想将我的愚蠢从脑海中删除。你的脸僵硬了起来，外面下起毛毛雨，你把我从树木香气更加浓郁的仓库中赶了出来。从这之后你一定再也不会见我，当然也再不会亲吻我，也不会让我再将头埋在你飞舞的黑发中、散发着好闻气味的脖颈上、柔弱的锁骨上，更不会把我渴望的手拉进衬衫中感受你心脏的跳动。我从凌晨开始就徘徊在你家门口等待，你决然地拒绝了我。你使出全身力气关上仓库门，不管会不会夹到我的手指。终于在几周后的夜晚，你一拳打在想着一定要向你道歉的我的脸上。

我和你都惊呆了。没有去捡掉在地上的眼镜，让鼻子和嘴唇就那样流着血，我抱紧了你的腿。你颤抖着身体使劲推开我。瞬间，你瞪着赤红的双眼，打开了嘴唇。

"……马上，出去！"

那个声音。

像冬夜抓挠着窗户框的风声，钢锯敲打铁板、锯开玻璃的声音——你的声音。

我摸索着匍匐过去，抱住你的腿。你真的不知道吗？我爱过你。你用我完全没想到的疯狂力气抓起木棍打我的脸，我马上就晕过去了。那一瞬间，你看到我眼中流淌的滚烫眼泪了吗？

*

愚蠢破坏了那个时节，也破坏了它自己，现在我终于明白。如果我们真的一起生活，我的眼睛失明之后将不会需要你的声音。看得见的世界如退潮一般慢慢消失的时候，我们之间的沉默也会慢慢变得完整。

在失去你的几年以后，我曾用两块胶片底片看过太阳。因为害怕，所以没有选择正午，而是在下午五点。眼睛感觉有些酸痛，我没能坚持很久，也没能明白你那么沉迷的到底是什么。只是很想念不在我身边的你的手腕，以及浅褐色皮肤上鼓起的深蓝色静脉血管。

*

现在你正抱着孩子走在漆黑的教堂里吗？

你会从大门保安那里接过婴儿车，将孩子安放在车上后系好安全带吗？你会扎紧随意掉落下的头发，走向回家的路吗？你会走过那条十七岁的我在愚蠢和苦闷中凌晨时分不断徘徊的、布满小小的黑色石头的路吗？每当婴儿车颠簸的时候，你都会伸手到孩子的胸前安慰他吗？将善良又悲伤的你的神放在肩头，一步一步从寂静中走出来吗？

你那里比这里晚七个小时日出。

在不远的日子里，当我于正午的太阳下拿起胶片时，你应该正处于清晨五点的黑暗中。和你手背上的静脉血管一样的深青色还未从天空中消散吧。你的心脏规则地跳动，炽热而噙着泪的眼珠偶尔会在眼皮下颤动吧。当我走向完全的黑暗中时，这样没有痛苦地、执着地记住你也无妨吗？

6

请停止。　　　　请不要停止。

παῦε.　　　　μὴ παῦε.

请问我。　　　　请什么也不要问我。

αἴτει με.　　　　μὴ αἴτει μηδέν με.

请用其他方法。　　　请绝不要用其他方法。

ἄλλως ποιήσῃς.　　　μὴ αἴτει οὐδὲν αὐτόν.

　　男人在暗绿色的黑板上写满句子后，将上半身倚靠在黑板边缘。他没有察觉深青色的衬衫上沾满了石膏粉末。剃过胡须的他的脸极度苍白，猛地看上去像青涩的研究生，但两侧瘪下去的脸颊暴露了他的年龄，无声地宣告衰老开始的细纹原封不动地刻在眼睛和嘴角。

7

雪

在还能说话的时候，她是个声音很小的人。

并不是因为声带还未发育完全或肺活量的问题，而是因为她讨厌占据空间。任何人都以自己身体的体积占据着物理空间，但声音却可以传播到极广的范围。她并不希望自己的存在被四周所知。

在地铁里或大街上，在咖啡厅或餐厅里，她从未恣意大声地对话或放声叫过谁的名字。无论在任何地方——除了讲课的时候——她都用比别人低的声音说话。本就已经身形枯瘦，为了让自己的体积更小，她蜷缩起肩膀和后背。虽然能理解幽默且拥有颇为乐天的微笑，但她的笑声非常低，几乎听不到。

为她做咨询的年过半百的心理咨询师指出了这一点。他想按图索骥地从她的童年经历中找到原因，她大概有一半配合着他。她没有说十多岁时失去语言的经历，而是慢吞吞地回想更久之前的记忆。

在她还是腹中婴儿时，她的母亲患上过类似伤寒的病。苦于高热和冷汗，整整一个月每顿饭后都要吃一把药丸。与她的性格正相反，她的母亲性格泼辣粗犷。刚一养好身体，母亲就赶忙跑到妇产科要求打掉这个孩子。因为吃了那么多药，她判断不可能生出一个健康的孩子了。

医生说胎盘已经成形，终止妊娠很危险，让母亲两个月后再来医院，到时候注射引产针后，生死胎出来。但当约定好的两个月来临，胎儿有了胎动，心软的母亲没有去医院，直到生产那天为止都被不安折磨。她再三数过被湿滑羊水浸泡的新生儿的手指和脚趾后，才放下了心。

在长大的过程中，她反复听过这个故事。从姑姑们、舅舅们、多管闲事的邻居大婶们那里，"你差点就没法出生了"，这句话像咒语般不断反复。

虽然那还是没法读懂自己情感的年幼时节，但她还是明显地察觉到那句话中包含的可怕冷意。她差点就没法出生了。这个世界并不是理所当然就给予她的，只不过是在黑暗中经过数不清的变数才偶然被允许的可能性，是勉勉强强暂时充盈起的薄薄泡沫。送走吵闹且爱笑的客人们的傍晚时分，她曾蹲坐在檐廊上，注视着被夜幕笼罩的院子。尽量减弱呼吸，蜷缩起肩膀，感受如此薄而巨大的一层世界被吞噬进黑暗中。

心理咨询师对她倾诉的这个故事很感兴趣。他问："这是你最早的一个记忆吗？"她回答不是，然后又陷入思考。她讲述了在阳光倾泻的院子中，她第一次发现母语音韵的那半天的记忆。那个故事当然也让心理咨询师非常满意。他试图慎重地结合起这两个记忆得出结论："被以最初的记忆记住，你对语言非常着迷，是不是因为你本能地察觉到语言与这世界结合的通道非常微弱这一点呢？换句话说，语言的魅惑，是不是与你认为世界很危险的感觉有种无意识的相似之处呢？"

心理咨询师直视着她。

"那么，你还记得最初做的梦是什么吗？"

她突然想到，也许他会在自己的著作中引用她的病例。因这没来由的想象，她有些慌乱，所以没有继续回答。她没说开始识字后不久自己异常鲜活而冰冷的梦。陌生的街道正在下雪，面无表情的陌生大人们与她擦肩而过。小小的她穿着陌生的衣服独自站在大马路上。那就是那个梦的全部了。没有任何事件的展开与结尾，只有冰冷的感觉。下着雪的、像捂上耳朵一般安静的街道，第一次见到的人们，还有独自一人的自己。

在她沉默着努力回想那个梦的细节时，心理咨询师在处方上又写了好几行。"你那时太年幼了，无法理解人生，当然那时也没有自力更生的能力，每次听到危险的出生过程时都会感到好像自己的存在会消失的威胁感。但现在你已经优秀地长大了，拥有了自己的力量。不需要再恐惧了，也不必再畏缩。大声说话也没关系，请抬头挺胸，占据足够的空间吧。"

根据这个理论，她余下人生的斗争之一，是一步一步回答内心深处对自己是否可以存在于这个世界疑问的斗争。这个明确而美好的结论的某个地方让她感觉不舒服。她仍然不想占据宽阔的空间，也并不认为自己一直被恐惧笼罩着生活，或是压抑本性地生活着。

在顺利地接受心理咨询的第五个月，她的声音非但没有变大，反而连话也不说了，心理咨询师似乎备受打击。他说："我理解你，我理解你有多么痛苦。败诉这件事本身，和突然而来的血亲的离世，这些都让你很难接受吧。你该多么难以承受地想念孩子啊。我理解你。你肯定感觉到独自承受这一切是不可能的吧。"

他那夸张恳切的语调使她惊慌失措。最让她无法接受的是他"我理解你"那句话。她知道他的话并不是真的。默默消解一切的沉默包围着两人，耐心等待。

不是的。

她握起笔，工整地写在桌上的白纸上。

没有那么简单。

*

在还可以说话的时候，偶尔她也会不说话，而是一动不动地注视对方，像相信视线可以完整地翻译自己想说的内容一样。用眼睛代替说话打招呼，用眼睛代替说话表达谢意，用眼睛代替说话道歉。她感觉再也没有比视线更及时且直观的接触方法了。几乎是不必真正接触却也接触了的唯一方法。

与之相比，语言是数十倍肉体上的接触。动员肺、喉咙、舌头和嘴唇，震动空气飞向对方。舌头干燥，口水飞溅，嘴唇裂开。每当感到难以承受这种肉体性的过程时，她反而会变得话多。用长语法的句子、用排除流动的口语的生命的句子不间断地说话。声音也比平时说话更高。当人们真诚地倾听她的话时，她会越来越思辨地、大笑地说话。在这样的瞬间反复的时期，即使独处的时间里她也无法集中精力写字。

在失去语言之前，她比任何时候都是个爽朗的能言善辩之人，也比任何时候都无法写作。就像不喜欢自己的声音扩散在空间中一样，她也难以承受自己写下的句子在沉默中引起的骚动。偶尔在开始写作之前，仅仅是思考一两个单词的顺序就让她涌出呕吐的念头。

但是，这也不是她失去语言的原因。不可能那么简单。

*

δύσβατός νέ τις ὁ τόπος
φαίνεται καὶ ἐπίσκιος.
ἔστι γοῦν σκοτεινὸς καὶ
δυσδιερεύνητος.

这里是朝任何方向都
难以前进的地方。
四周昏暗无明，
是个什么都找不到的地方。

她把头埋在书桌上打开的书里。那是为了能对照阅读《理想国》原著的前半部与韩语译本而装订成的厚重课本。顺着她的太阳穴流下来的汗滴落在希腊语句子上，粗糙的再生纸鼓鼓囊囊地凸了起来。

拿起课本，她感觉昏暗的教室突然明亮起来，有些慌张。一直在柱子后面座位上默默不发声的中年男人和大块头研究生的低声对话这才进入她的耳朵。

"……是吴哥窟。昨天凌晨回来的。提前请好了五天四夜的夏季休假，有点累还想着要不要翘了今天的课，但两周都不来上课又心疼学费。哈哈，体力还能坚持，因为我每周都爬山。不知道啊，我自己没什么感觉，但见到我的人都说我被晒黑了。那当然了，那里热得和这里没法比。每天会来一次飓风，但也没有变得很凉快……不过就是，那种对废墟的兴趣吧。寺院的石头上刻着古代高棉文字，我个人来说比起古代希腊文字，更喜欢那个。"

她抬头看课间休息时空着的黑板。讲师用布条黑板擦轻轻擦过之后，白粉笔写的希腊语文字隐隐约约留下了一部分，甚至还有一些地方能完整地看到句子的三分之一。有些地方还留有白色、粗糙的旋涡，像用粗毛笔故意做出的形状一样。

她再次把头垂在课本上，深深吸一口气。能清晰地听到呼吸声。在失去语言后，偶尔她会觉得自己吸入又呼出的呼吸和语言很像，如声音一样大胆地挑战沉默。

在母亲的最后一刻，她也感觉到相似的东西。每当已经意识不清的母亲呼出热乎乎的气体，沉默就后退一步。母亲一吸气，冰冷的沉默就大声叫喊着进入母亲的身体。

她握紧铅笔，注视着刚才读过的句子。这一笔一画似乎可以戳穿一个个小洞。插入铅笔芯后撕开，可以把一个单词，不，一个句子整体都戳穿。她默默地注视着粗糙的灰色再生纸，看着上面模糊而小巧的黑色一笔一画，以及像虫子一样弓着背或张开的重音符号。在难以落脚的阴凉处，不再年轻的柏拉图苦心研究、获取时间的句子。用手捂着嘴的人们发出不清晰的声音。

她更用力握紧铅笔，小心翼翼地呼了一口气，承受着那个句子中蕴含的感情如粉笔的痕迹一般，像无意中凝固的血迹一样流露出来。

*

长久失去语言的状态敏锐地体现在她的身体上。她的身体比实际看上去结实而沉重。走路的步伐，手和胳膊的摆动，面部和肩膀圆润的轮廓全都形成了明确的线条。没有任何东西能流露到外部去，也没有任何东西能渗透进内部来。

她本就不是经常照镜子的人，现在她已经感觉不到照镜子的必要了。一个人一生中最常想象并在脑海中勾画的面孔是自己的面孔。而当自己不再想起自己的样子，渐渐地，她对这一点就没有感觉了。偶然在玻璃窗或镜子中看到自己的面孔时，她会仔细注视自己的眼睛。她觉得只有这两个明确的眼珠是连接自己与这张陌生面孔的通道。

偶尔，她会觉得自己像某种物质，运动着的固体或液体，而不是一个人。吃温热的饭时她觉得自己是饭，用冰冷的水洗漱时她感觉自己是水。但同时她感觉自己也绝对不是饭或水，而是终究与任何存在都不混合的残酷而坚硬的物质。她用尽全力从沉默的冰块中打捞起凝视的东西，仅仅是被允许每两周一起度过一个夜晚的孩子的面庞，以及紧紧握着铅笔写下的已死的希腊语单词而已。

γῆ ἔκειτο γυνή.

一个女人躺在地上。

她放下被黏糊糊的汗水浸泡的铅笔。用手掌擦去积在太阳穴的汗滴。

＊

"妈妈，听说我从九月开始就不能来这儿了。"

周六晚，她一言未发，惊讶地看着孩子的脸。两周没见孩子又长大了许多，而身体也更虚弱了。孩子的睫毛长而阴郁，像用钢笔画的斜线在白嫩的脸颊上清晰可见。

"我，不想去那里。我英语不好，也从来没见过住在那里的姑姑。听说要在那里待一年。好不容易才交到朋友，这么快就要……"

刚洗过澡，她和孩子一起躺在床上，孩子的头发散发着苹果味的肥皂香。她在孩子的眼珠里看到自己的脸，映着的自己脸的眼珠里也映出孩子的脸，那个孩子的眼珠里再次映出她的脸……就这样无穷尽地相互映射着。

"妈妈，你和爸爸说说不行吗？说不出话来不能写信吗？不能把我带到这里生活吗？"

孩子发着脾气把脸扭到朝墙的一边，她静静地伸出手把孩子转回她这边。

"不行吗？不能这么做吗？为什么不行？"

孩子再次把脸扭向墙，说。

"……把灯关了。这么亮怎么睡得着？"

她起身关了灯。

路灯的光从一层窗户透进来，没过一会儿，孩子的一切就清晰地显露在黑暗中。孩子的眉头紧紧皱在一起。她伸出手抚平，但又皱了起来。连呼吸声都没有，孩子紧闭眼睛躺着。

六月深夜的黑暗中混杂着丰满的青草味，树木的树液味和腐烂食物垃圾的味道。把孩子送走后，女人没有乘公交车，而是沿道路走了将近两个小时，横穿了首尔的中心。有的街道如白昼般明亮，煤烟呛得她喘不过气来，音乐嘈杂；有的街道漆黑，破败不堪，被遗弃的猫用牙撕扯垃圾袋紧紧盯着她看。

她的腿并不疼，也不疲惫。在电梯前苍白的照明下，她站在现在要进去睡觉的房子门口。她转身走出公寓楼。在一切有生命的东西都在腐烂的盛夏夜晚的味道中，她快速走着。她冲进门卫旁边的公用电话亭中，从裤兜里慌乱地掏出硬币。

"你好。"

话筒对面传出声音。

她张开嘴，呼出气。深吸一口气然后再呼气。

"你好？"

对面又响起声音。

她用颤抖的手紧紧握住话筒。

你怎么能把那个孩子带走？为什么要送到那么远的地方，还那么久的时间？坏家伙，没有血也没有泪的家伙。

直到痉挛着的手指将话筒放回原处，她咬紧牙关颤抖。她像个扇自己耳光的人一样重重地摸自己的脸。她抚摸人中、下巴，还有没被任何人捂上的嘴唇。

*

失去语言之后，那天晚上是她第一次仔细凝视镜子中的自己。没有动用语言，她想自己看错了。两只眼睛不可能那么平静。如果眼睛里流淌着血或脓，肮脏的冰块一样的东西，她反而不会这么惊讶。她的眼睛里映出沉默的自己，影子中的她的眼睛里仍然是沉默的她……就这样无止境地沉默着。

很久前涌起的憎恶在沸腾中停在原地，很久前肿胀的痛苦仍旧凸起，而水疱不再破裂。

没有任何东西愈合。

没有任何东西结束。

*

刚才还在交谈的中年男人和研究生不知什么时候去了走廊，两人各拿着一罐咖啡走进教室。中年男人回到自己座位时一直用手机在和什么人打电话。

"……所以就说啊，进度不应该跟着学得好的人走，应该照顾学得不太好的人啊。如果只照顾表现好的人，那职员教育到底有什么意义。提什么之后再复习啊，那又是什么意思，我们是什么大企业吗？让那个讲师明天和我打个电话。"

研究生用眼神和中年男人打招呼后回到自己的座位坐下。
"呃呃……"他发出低沉的声音伸了一个懒腰。头向四周摆动着。十分钟的课间休息已经结束，平时很守时的希腊语讲师今天迟到了，教室中突然安静下来。

她仍然一动不动地坐在课桌前。也许是一个姿势坐太久了，腰和头、肩膀都十分僵硬。她打开笔记本，呆呆地盯着上节课抄写下的句子。她在句子中间的空白处写下单词——固执地钻进严格的时态、名词的变格、复杂的语态用法中——创造出不完整而单纯的句子。嘴唇和舌头不由自主地等待触动，等待第一个声音突然迸发出来。

γῆ ἔκειτο γυνή.
一个女人躺在地上。
χιὼν ἐπὶ τῇ δειρῇ.
喉咙覆雪。
ῥύπος ἐπὶ τῷ βλέφαρῳ.
眼睑盖土。

"那是什么？"和她坐在同一排的哲学系学生突然问道。他用手指着笔记本上上节课学的例句"一个女人躺在地上"后面，女人写在断掉的句子中间的句子。她没有惊慌，也没有慌张地合上笔记本，像凝视冰块的内部一样盯着青年的眼睛。

冻结的表面每天新添无数血迹，这时因孩子的话而生出的新的痛苦并没有打破她的沉默。刷牙刷得太久，打开冰箱门后站得时间太久，腿撞在停着的轿车前保险杠上，或不小心用肩膀撞掉店里的搁板上摆放的东西。每当在凉飕飕的薄被里闭上眼睛时，她都会看到等待在那里的下雪的街道、陌生的行人、穿着陌生衣服的孩子、无法分辨是她还是她的孩子的白皙脸庞。

她知道，用语言连接的通道潜入更深的地方，这样下去会永远失去孩子。越了解，通道会潜入越深的地方。就像越是祈求，越要反着来的神一样。因为没有发出呻吟，她反而更寂静。眼睛里没有血和脓流淌。

*

"是诗吗？用希腊语写的诗？"

坐在窗边的研究生满脸好奇地转过头看她。希腊语课讲师从打开的前门走进来，停住脚步。

"老师！"

额头上长满红色痘痘的研究生嬉闹地笑着。

"这位用希腊语写了诗。"

坐在柱子后面的中年人似乎非常赞叹，转过头来看她，发出豪放的笑声。她被那笑声吓了一跳，合上笔记本。她一脸发呆地看着希腊语课讲师走向她。

"……是真的吗？我能看一眼吗？"

像精读外语一般，她用尽全身的力气听他说话。她抬起头看他那散发着浅绿色的、令人眩晕的厚厚镜片。然后终于明白过来发生了什么，抓起厚重的课本和笔记本，把字典和笔袋装进提包里。

"不，请坐吧。不给我看也没关系。"

她站起来，把提包背在肩上，依次推开空椅子走向大门的方向。

*

通往楼梯的应急门前，有人从后面抓住女人的手臂。她震惊地回过头，还是第一次这么近地看希腊语课讲师。没有站在讲台上的他身高比她以为的矮一些，脸也很奇怪地突然看上去变老了。

"那个，我没有想让你不舒服的意思。"

喘着气，他向她更靠近一些问道。

"……你是不是，听不见我说话？"

他突然抬起双手用手语比画。重复着相同的动作，像解释什么一样，结结巴巴、反复地说。

对不起。我想说对不起，所以追出来。

她默默地看着他的脸。他喘着气，一点也不放弃地挥动着双手。

不说也没关系。也可以什么都不回答。真的很对不起，我是来向你道歉的。

*

高速路隔音墙旁的单行道很长。她沿着那条路旁边的人行道走。因为走的人不多，市政并没有覆盖到这条路。茂盛的野草在裂开的地砖缝中疯长。小区里代替围墙而种的密密麻麻的山槐树，互相用力伸展粗壮的胳膊般的黑色树枝。潮湿的夜晚空气中弥漫着青草的气味和废气。数以千计的尖锐冰刀般的引擎声近在咫尺，划破她的耳膜。蝈蝈在脚边的草丛里缓慢地叫。

好奇怪。

好像什么时候经历过这样的夜晚一样。

也感受着相似的羞耻与不知所措走在这条街道上。

那时她还有语言，感情更明确而强烈。

但现在她的身体里没有语言了。

单词和句子像灵魂一样离开她的身体，极近地跟着她，能看到和听到。

多亏了这条路，并不充分强烈的感情终于像黏着力弱的胶带一样，飘走了。

而她只是注视着。注视着，注视着的任何东西都不被翻译成语言。

眼睛里一直聚合成其他物体的形象，伴随她走路的速度移动、消失，最终也没有被翻译成任何语言。

*

很久前也像这样的一个夏夜，她曾走着走着独自笑了出来。

她看着细长而饱满的第十三个月亮笑。

好像什么人不高兴的脸，凹陷的圆形火山口像藏着失望的眼睛，她想着想着笑了。

仿佛她身体里的语言先爆发出了笑声，那笑容扩散到她的脸上一样。

夏至刚过，像这样暑热犹豫地盘旋在黑暗上空的夜晚，并没有那么久远的那个遥远的夜晚，她让孩子走在前面，她双臂抱着大而冰凉的西瓜走在后面。

声音适当地、占据最小空间地流淌出来。

嘴唇上没有紧咬的痕迹。

眼中没有噙满的泪水。

8

χαλεπὰ τὰ καλά.
卡莱帕 塔 卡拉。

美是美丽的东西。
美是困难的东西。
美是高洁的东西。

这三种翻译都没有错，是因为对古代希腊人来说，美、困难、高洁是还未分离的观念。就像韩语中的"光"最初就同时拥有"明亮"和"色彩"两种含义。

那是离开德国回到首尔后迎来的第一个佛诞日。我一个人去了曾和母亲还有妹妹一起去过的水逾里的寺庙。在我离开前，上寺庙的路两边还是土豆地，现在已经完全被水泥覆盖，建起了一幢幢多层联排住宅。过了寺庙的一柱门，才看到岁月洗礼后的寺庙的样子。院内没有新建任何建筑，塔和钟楼反而感觉比那时变小了。是因为我长大了，所以觉得事物都变小了。

那时我还能在晚上自由走动。我在院内徘徊，等待夜幕降临。不知是不是年老的僧侣都离世的缘故，院里燃灯的数量变少了。但依旧很美，不，比很久以前我不懂事时看到的更美。小时候看到燃灯会时只感觉单纯的震撼，这次不知哪里让我感到深刻。

当暮色降临，红色和白色的纸灯中的烛火随风摇曳，我坐在廊檐上看这个画面。美丽与神圣在最初是无法分开的一个单词，明亮与色彩也是同一个意思，再没有比那一刻更生动地感受到这一点的时候了。直到佛堂要关门的十一点，我才起身离去。

那时我突然升起奇怪的念头。一边朝一柱门走，一边嘴里嘟囔着毫无含义的"回家吧"。到有公交车站的路边需要走三十分钟，从那里到我住的地方要坐将近一个小时的公交车。那辆公交车，似乎永远也到达不了我住的地方。不管我如何换乘公交车和地铁，好像永远也找不到回家的路。好像无法走出那个生动的夜晚。

那种感觉并不陌生。从十几岁开始在德国生活，那就是我一直反复做梦的内容。梦中的时间是傍晚，车窗外马路上的广告牌既不是韩语也不是德语，而是陌生的文字。梦中的我想马上从这辆乘错了的公交车上下来，但即便下了车，我也不知道应该换乘哪辆公交车、应该走哪条路去其他公交车站。更严重的问题是，我想不起来最初的目的地到底是哪里了。我死死盯着每分每秒都更暗一些的街道，但除了坐在公交车的后座上，什么都做不了。

我压抑着每当从那个梦中醒来时无法形容的心情，和熟悉到害怕的情绪不停走着。夜晚的空气很冷，头顶上方悬挂的一盏盏红色纸灯沉在完全的美和寂静中，无声地摇曳。

世间为幻，活即是梦。那时我突然这样自言自语道：

但血还在流淌，眼泪仍在涌出。

9

昏暗

你曾在凌晨的昏暗中走过吗？

感受着人的肉体有多么温暖而柔弱，走在冰冷的空气中的凌晨。所有事物的身体里透出微蓝的光，刚刚的睡意全都消散，像奇迹一般渗透进双眼中的凌晨。

我们生活在季烈科大街尽头公寓的二层时，我常常独自一人凌晨走在巷子中。当空气中的蓝色气息消失时，我回到家中，父母和你都还在睡梦中。我打开顶灯，让昏暗的室内变亮，感受着干净的饿意在冰箱里翻找。我常常找出几粒核桃来嚼，踮起脚尖轻手轻脚地回到我的房间。

现在那所有的事情对我来说都不可能了。因为我只能在充分明亮的时间和场所中自由行动了。我只能想象：我的身体在天刚蒙蒙亮时，离开我们租的房子，经过没有车和行人的昏暗街道，走着到达很久以前我们曾生活过的水逾里的家。

你还记得我们在水逾里的家吗？

那个家有四个房间，在当时来说算非常宽敞了，但透风严重，是个很难过冬的别墅。母亲总是叨念因为房子朝东，所以更冷，但其实我很喜欢这一点。凌晨醒来到客厅，感觉所有的家具都被青色的布包裹着。我常常穿着内衣就那样呆呆地看，青色的线不断吐出，填满冰冷的空气。当时我还不知道，那如同幻觉般的景象，只是因为我的视力差。

你还记得我们起名叫作比利的那只小鸡吗？

当我把校门口用纸袋装着的那个暖和的家伙买回来时，还没上学的你喜欢得脸都变红了。能从母亲那里得到可以养它的允许，全都是你这个黏人精的功劳。

但还没到两个月，我们就掰断树枝，把交叉的地方用棉线紧紧绑好，做了十字架。因为那会儿我们还没有见过祖辈墓地的石座和石碑，只能模仿在西洋童话书的插图里看到过的东西。

联排住宅的公用花坛里的土冻得硬邦邦的。哭了一整晚，眼睛肿起来的你用勺子挖着结冰的地，最后还是放弃了，说手都酸了。我拿着的勺子没能赢过硬土，早已折断，包裹在白色毛巾里的比利依然安静。

其实我曾经找过那个地方，在回到韩国的第一个冬天。

联排住宅已经被拆。新建了更高两层的商业建筑。原来是花坛的地方露出表示停车区域的白线，两辆轿车、两辆面包车和一辆小型货车并排停在一起。看着前挡风玻璃和后视镜上满是冰霜的车，以及从我嘴里喷出的白色哈气，我无意识地想。

后来怎么样了呢？那些小小的骨头。

*

兰。

我收到了你寄来的信和光盘。

收到的当天晚上我就写了回信，但写着写着觉得不满意，于是现在重新写。不知道为什么，现在不管写什么，都很快变成没有生机而陈腐的内容。

不管怎么样，和你在信中担心的不同，我过得很好。

在值得信赖的医生那里定期接受诊疗，按时做饭、吃饭。每天早上做三十分钟左右的健身操，下午常常长时间地在巷子里散步。

其实，应该担心健康的人反而是你。你是个心里一团火的人嘛。只要投入地做什么，就忘记照顾自己，得不到结果就不罢休，最后总是生病。

像女孩一样的哥哥和男人一样的妹妹。亲戚们总是这样比较我们俩。你讨厌死了这种话，要像我一样整理好书桌的话，像我一样提前准备好书包的话，像我一样工整写字的话，像我一样恭敬地抬头看大人们的脸的话。你常用像火车烟囱一样的声音朝母亲大喊，别说了，真是火大到没法活了，你说甚至到了要冲进冰箱里生活的地步。

最近你还是这样吗？兰。

还有让你想冲进冰箱里那么生气的事情吗？

你不会还像学生时那样，因为练习忙就早晚都用坚果麦片抵过一顿吧？

和你心意不通的团长现在关系变好一点了吗？

在那之后，和母亲通过电话了吗？

母亲的膝盖现在怎么样了？

她一个人过得应该还不错吧？

母亲和你都很担心的补习班的工作，还是一如既往地顺利。母亲一定还是殚精竭虑地为我着想，担心我成了没有收入的无业游民，或者因为自尊心也不向任何人诉苦。不久前，补习班里又开设了一个拉丁语初级班，现在一周我要上四次课，你可以代我向母亲转达吗？虽然班级变多了，但学生很少，所以一点也不辛苦，都是已经年龄成熟、水平很高的人，上课也很有趣。回到这里后最开始的两三年里，我偶尔会读一些东方古典作品，在询问不懂的部分的过程里，也有毫无隔阂地亲近起来的学生。这样说起来，才发现和这些学生已经联系很久了。坦白说，看着学生们会有突然羡慕他们的时候，他们身上自然就有着不像我们这样经历过人生、语言和文化分成两段的人身上才拥有的某种坚定感。

兰。

其实，最近有一个特别的学生总是引起我的注意。

因为一起上课的学生不多，只要交换一下眼神就能了解各自关心的事情，但那个人从最开始就对任何内容都毫无兴趣。不管是希腊哲学、文学作品，还是偶尔引用的新约圣经的内容她都毫无兴趣，但也不是说她很怠慢，反而一次都没有缺课过。我只能感觉到她似乎是对语言本身有趣的部分——语法和特殊的表达等——比较关注。

但比起这一点来，那个人更特别的地方在于她从来不说话，也不笑。上课的时候被叫到名字也不回答，课间休息时也不和任何人交流。一开始我以为她性格比较腼腆，但过了半年她一次都没有开过口，我才感觉有些奇怪。

一次，课间休息结束，我正走进教室，一名学生笑着对我说，那个女人用希腊语写诗。我有些好奇，于是说想看一看，那个女人抬头紧紧盯着我的脸看了会儿，然后站起来走出了教室。

那时我突然想到她可能是个既听不到也不能说话的人，以为她一直都是读着唇语艰难地在上课。所以不管听到什么笑话或提问，都没法做出反应。

我慌忙追出走廊，抓住正走向黑暗的应急通道楼梯的她的手臂。因为当她脱离天花板上照明的瞬间，我就再也看不见了。我用语言和手语同时向她说了对不起。我问她是不是听不到声音，说我不知情，说我完全没有让她不舒服的想法。虽然我马上反应过来我做的是德语的手语，和韩语的手语肯定是不一样的，但那时我想不出别的办法了。

那个人没有任何反应，只是直愣愣地看着我。那时我感觉到的那种奇怪的绝望应该如何向你说明呢？那个女人的沉默中有恐惧，某些部分还非常决绝。很久以前，我们想用白色的毛巾包裹死去的比利的身体时……我们看向用冻僵的勺子挖好的小洞时，感受到的那种寂静。

你能想象吗？

我是第一次在活着的人身上看到那种沉默。

*

兰。

我收到了你几天前寄来的信和光盘。

回信有些晚了。

最近我不太能写出字来。

但也不是特别需要担心的事情。

母亲一直希望我能减少读书的时间，现在真的减少了。

也许是因为悠闲地坐着或在明亮的街道散步的时间变长，握着笔写完一篇短短的文章不知不觉变得有些陌生。

取而代之的是，我几乎每天都在听你寄来的光盘。

在和声中听到女高音的瞬间，我感觉到，这是你的声音啊。

现在那里应该是傍晚昏暗时分吧。

四周依然明亮，商店开始三三两两亮灯了吧。行人们急匆匆经过商店门前，有轨电车站周围乱哄哄地下班的人们，要坐车的人们快步越过露宿者，从台阶上走下来。

这里现在是深夜。

我打开窗户，降低音量听着你寄来的光盘，偶尔一边跟着哼唱，一边写这封信。

你还记得这里的夏夜吗？

似乎是补偿白天的燥热，晚间空气总是凉爽湿润。

倾洒湿润的黑暗。

青草味、阔叶树的树液气味浓烈地扩散开的巷子。

直到凌晨都还能听到的汽车引擎的声音。

和后山相连的昏暗杂草丛中鸣叫一整晚的草虫们。

在这一切之中，你的歌声飘荡着。

现在我可以向你坦白吗？

我虽然总是吐槽你练习的声音很吵，虽然你总是用急躁的性格和长期接受训练的声量让我不能再说什么，但也许你想不到吧，在比首尔更冷的法兰克福度过的第一个德国的冬天，适应着陌生的教室、语言和人们而疲惫地回到家的我，听到公寓的门缝中传出你的歌声，我常常依靠墙壁坐在那里，感受那些声音是如何抚摸过我的脸庞。

在我们搬到房租便宜的美因茨的第二年冬天，刚进入青春期的你曾对我说过一句话。母亲经营面向亚洲人的食品店时，很晚才能回家，我们两个人在空空的餐桌前分享着一点味道也没有的坚果麦片的傍晚，你低头嘟囔。没什么天赋的你的身体和将要演唱的歌曲之间的寂静，有时候你会觉得像悬崖一样，让你感觉恐惧。

你失魂落魄地看着我，你的脸和手指冻得通红，宛如六岁女孩，但神情却好像什么也无法理解般茫然。那时我想，原来你没有办法用你的声音抚摸你自己的脸庞啊。那什么才能抚摸你的脸庞呢？也许那时我感觉到了绝望。

你也曾在我身上感觉到那种绝望吗？

在母亲那里听到我买好到仁川的机票，你在公演彩排前一天也坐夜车回了家。一边的大衣领子塞在肩膀里，为了不让冷空气伤害声带，你用白色、浅绿色和淡黄色的围巾一层层裹紧自己。你说："我理解不了哥哥你。我以为哥哥你是爱我们的。"

偶尔我会想，血亲究竟是多么奇怪的东西。

究竟以多么奇怪的方式让人哀伤。

在我们那么柔弱、轻易就能破碎的时候，在我们搬到地球另半边的时候，我们就像放在一个篮子里的两个鸡蛋，像用同一摊泥浆做出的两个陶瓷球一样。在你皱着眉的脸、哭泣的脸、哈哈大笑的脸上，我的幼年裂缝、破碎，然后好不容易平安地黏在一起度过。

我想起我们小时候玩的游戏时不由自主笑出来的时候。我们不停地给对方起外号，相互叫着对方开玩笑。背着你走时像唱歌一样说的那些话。"走到哪里了？""到车站了。""走到哪里了？""还远得很呢。"那是因为我比你强一些而可以照顾你的很短暂的时间。

你不知疲倦地把五颜六色的彩色纸贴在瓦楞纸箱子上给比利做房子。

从傍晚叫到凌晨最终死去的比利，你守在它身旁哭了一整晚而筋疲力尽，穿着睡衣怒视你们的父亲发怒大喊：

"还不赶快扔出去！"

你呜呜哭着用小小的拳头打父亲的肚子，用牙齿咬他的大腿。

兰。

你偶尔会想起父亲吗？

因为他更爱你——总是牵着你的手带你去动物园或游乐园、咖啡厅之类的地方。

——你会有很多我不知道的记忆吗？

他并不喜欢我。像无数比较我们的其他人一样，他总和母亲那样说，说我是个像丫头一样温顺、除了学习什么都不知道的儿子，说他需要一个像你一样活泼而直爽的儿子，能像一个真正的男子汉一样长大的儿子。但我很明白，他真正讨厌的并不是我的气质，而是眼睛。他不想与我对视。如果不小心视线交会，他会慢慢地、冷静地避开视线。冷静的人，用极快的速度踩着组织的阶梯爬上去，年纪轻轻就成为中层的人。在被任命为德国分公司负责人的一年后主动辞职的人。没有告诉任何人住址，突然就消失的人。六个月后又突然回来，说他马上要接受眼部手术，在手术失败、我们一起搬到美因茨之后，直到生命最后的瞬间都一直在公寓的房间里没有出来。

他曾告诉过你吗？
那半年他躲在哪里？
他在哪座城市的昏暗中像我一样等待过又回来了。
我想没有任何怜悯，不带只有痕迹的爱意地问他。
那么短的时间里，他看了什么，听到了什么。
那昏暗果真连接着完整的夜晚吗？

如果在他还活着的时候我这样问，那个冷静的人会嘲笑我吗？他会拿下早已不需要的眼镜，用帅气的眉毛下空荡荡的眼睛无声地看着我的方向吗？

想念的兰。

固执的、火气冲天的兰。

我是一个，即使眼睛完全盲了也不可能获得智慧的人，你其实知道吧。我是个心里的眼睛绝对不会消失的人，是个终究会在无数混乱的记忆和敏感的情感中迷路的人。我在与生俱来的愚蠢中等待。不知道在等待什么，只是非常执着。

现在你寄来的光盘都听完了，夜比刚才更深。

你的声音沉进寂静中，这寂静不知为何让我感觉温暖。

到天亮还要再等待三个小时。

我应该闭上眼睛，哪怕只有一会儿。

现在关掉台灯的话，会是完全的黑暗吧。

闭上眼睛和睁开眼睛几乎没有差别的，比墨汁更浓的我眼睛中的黑夜。

但你相信吗，每天夜晚我都并不绝望地关灯。因为在天亮之前，我会重新睁开眼睛。因为我要慢慢地拉开窗帘，打开窗户，透过纱窗看向昏暗的天空。因为我会在想象中穿上薄外套走出门外。因为我会一步一步走在黑暗的街道地砖上。因为我会看到黑暗的皮肉变成一条青丝，缠绕着我的身体，缠绕着这座城市的光景。因为我会擦亮眼镜，睁大双眼，把脸泡在那短浅的蓝光里。你能相信吗，只要想到这些就让我的心脏跳动。

10

παθεῖν
μαθεῖν

这是代表"经受苦难"的动词和代表"学习领悟"的动词。是不是几乎一样？也就是说这个部分是苏格拉底进行的一种语言游戏，表达这两种行为几乎是一样的意思。

她拿出无意间被手肘压着的木质铅笔。揉了揉火辣辣的手肘，把黑板上的两个单词抄写在笔记本上。先用希腊语字母写下单词，但最终也没能在旁边写上韩语的意思。她用左拳头揉了揉并不困的双眼，然后抬头看希腊语讲师清瘦的面孔。他的手握紧白色粉笔，像干涸的白色血液一样的韩语文字鲜明地落在黑板上。

不过，这些单词的重叠并不能单纯地看作语言游戏。因为实际上对苏格拉底来说，学习领悟这件事就是字面意思上的经受苦难。即使苏格拉底生前不这么认为，但至少对于注视着他的年轻的柏拉图来说，是这么认为的。

坐在柱子旁边的中年男人喝着凉了的自动贩卖机里的咖啡。因为他说下班后马上赶来上课的话总是吃不上晚饭，所以从上周起课推迟到八点开始。但不知是不是因为饱腹感，他的脸看起来更疲惫了。哲学系学生可能是学期结束后回老家了，从上周开始就没来上课。医学史研究生仍然表情紧张地抖动嘴唇，无声地练习希腊语单词的发音。他曾告诉哲学系学生，等他的医学史硕士论文通过，就会去英国学习希腊医学。因此需要通过为医学史专业的学生提供奖学金和生活费的制药公司的审查。有一次，他拿着每张都画满下划线的盖伦[1]的希腊语原著，请求希腊语讲师为他解读解剖学相关的内容，让讲师很为难。研究生诉苦说很难完全读懂，讲师面带微笑地回答他，古

---

1 克劳迪亚斯·盖伦（129—199），希腊解剖学家、内科医生和作家。他做了许多动物解剖，开创了解剖学和实验生理学先声。盖伦的医学思想源于希波克拉底，哲学观点源于亚里士多德。他的著作范围涵盖哲学、医学、数学等。重要著作《解剖操作论》《论医学经验》《论自然力》等。其著作对中世纪的医学有决定性影响。

希腊语对欧洲人来说也很难理解，就像让韩国的年轻人马上解读汉字古典一样，也很难……不必在这里追求完美的解读。

……一天，他突然得到德尔斐神庙的神谕说自己是雅典最智慧的人，从那之后他开启了称得上波澜壮阔的后半生。像市场入口的乞丐，像引起是非之人，像不入流的司祭一样，他只是反复地站在那里说自己不知道。我什么都不知道。不管是谁都好，请教授我智慧吧。没有任何老师的学习时间，所有人都知晓他的结局的受难的时间，组成了他剩下的人生。

她仍旧看着希腊语讲师清瘦的脸庞。她的右手紧握着木质铅笔，写在黑板上的韩语单词被汗水浸湿的铅笔无声碾碎。她认识那些单词，但又不懂那些单词。呕吐等待着她。她可以和那些单词产生关系，但又无法产生关系。她能写出那些单词，但又写不出那些单词。她低下头，小心翼翼地呼出气。并不想吸气。她深深地吸一口气。

11

夜

她租的房子很昏暗。

那个房子是公寓的一层，而且客厅前的植被很茂盛。本来是因为喜欢能看到高大树木的树干才租下这间房子的，她没想到那茂密的树木在大白天也让客厅浸在树荫中。

在还和孩子生活在一起的时候，她每天都开着据说和太阳光很接近的三波长日光灯，现在她自己就不需要了。她大部分时间都在让人无法感知外界天气的昏暗客厅中度过。她几乎不走进曾和孩子一起住过的，有双人床和衣柜、电视的卧室。为孩子安装的原木书桌和书柜的小卧室也一样。那是她的家中唯一不会被树木的阴影笼罩的明亮空间，但孩子不来的日子她几乎不会打开那扇门。

为母亲办完丧事后——还和孩子生活在一起，也没有失去语言的时候——她拿出一年里要当作丧服穿的衣服，挂在六十厘米宽的晾衣架上。黑色的春秋棉衬衫和黑色的短袖内衣各一件，黑色的棉裤子和牛仔裤各一条，黑色高领毛衣和长毛织大衣各一件，黑色粗毛线织的围巾和深灰色的手套。

够了。什么都不用再买了。

她站在晾衣架前无意地自言自语，坐在床上一直看着她的动作的孩子问：

"为什么要穿一年黑色的衣服啊？"

她用沉静的声音回答：

"可能是因为担心心变得明亮吧。"

"心不可以变得明亮吗？"

"因为觉得有罪。"

"对外婆？……可是外婆喜欢妈妈笑啊。"

这时，她才转过头来看着孩子笑了。

*

她的生活很单纯。

一个季节里按时清洗一两身黑色的衣服，去附近的商店里采买她需要的最少的食物，制作她需要的最少的食物，吃完后马上整理干净。白天如果不做这些基本的事情，她大部分时间都一动不动地坐在客厅的沙发上，远远地看高大树木那粗壮的树干和茂盛的枝叶。在傍晚之前，房子里早早就暗了下去。在树木的轮廓变黑时，她会打开玄关门出去。横穿昏暗的公寓小区，穿过绿色的信号灯马上结束的人行横道，一直向前走着。

她一直走着，直到再也无法承受疲劳，直到无法感觉到要回去的那个家的寂静，直到她没有力气将视线放在黑色的树木和黑色的窗帘、黑色的沙发、黑色的乐高盒子上，直到她被强烈的困意席卷，可以不洗漱、不盖被子横躺在沙发上就能睡着为止。为了即使做噩梦也不在中间醒来，为了不睁着双眼辗转反侧无法入睡，她一直走一直走。为了不在这太过清醒的凌晨时分，不认命地想拼凑起那已经破碎的记忆，她一直走一直走。

有希腊语课的星期四她会更早一点背着包出门。在离补习班还有几站的地方，她从公交车上下来，忍受着在下午放射出的热量下散发出的沥青味走着。因此在进入阴凉的建筑里面后很长时间，她浑身还都被汗浸湿。

有一次，她刚走上二楼就看到走在前面的希腊语讲师。她不由自主地停下脚步，不想发出声音，所以连呼吸都屏住了。已经察觉到的希腊语讲师回过头来露出微笑。那是个能看得出本想打招呼又放弃了的、混杂着亲切和尴尬的笑容。因为面带笑容的他的面庞太过真挚，好像在正式请求对方理解他那样笑的样子。

那之后在楼梯或走廊里和他偶然遇到的话，他不微笑，而是用模糊的眼神打招呼。他们各自从正门和后门走进空荡荡的教室之前，两人以相似的步幅在走廊走着。相似的上半身微微躬身，肩膀上挎着巨大的提包，淡然地相互知晓对方的存在。

*

有人搭话的时候，他有一个特定的表情。那是谦逊地征求对方同意的眼神，偶尔也带着某种无法用"谦逊"这个词来解释的微妙的悲伤。

希腊语课开始的三十多分钟前，是教室里只有他们两个人的时间。她坐到座位后，从提包里慢慢掏出课本和文具，漫不经心地抬起头时和他的视线触碰了。他从讲台旁边自己的椅子上站起来，走到和她稍微有些距离的桌子旁。他拉开椅子腾出空间，然后向着过道坐下。他伸出两只手，在空中轻轻地十指交叉，很短暂的一瞬，她感觉他似乎是想和她握手。他就以那种十指交叉的姿势安静地坐了一会儿，像马上要决定到底是要搭话还是不要搭话，然后再告诉她一样。没过多久，从走廊里传来有人走近的脚步声，他站起来回到讲台旁边。

*

两人有时会静静地观察对方的脸庞。等待上课的时候、上课时、课间休息，在走廊上时、在办公室前，渐渐地，她开始对他的脸熟悉。他平凡的五官、表情、躯体和姿势，成为固有的五官、表情、躯体和姿势。但她没有对此赋予任何意义，因为她没有用语言思考过这个变化。

*

闷热的七月夜晚。

安装在黑板两边的电风扇正用力地运转。教室两边的窗户全部大开。

"这个世界虚无而美丽，"他说，"但柏拉图盼望的不是这虚无又美丽的世界，而是永恒而美丽的世界。"

每节课都过于认真的大块头研究生从二十分钟前就开始打瞌睡。坐在柱子后的中年男人不停地用手绢擦脖子后面的汗，终于像累了一样把额头抵在桌子上睡着了。还醒着的人只有她和哲学系大学生。设置成来回转动的电风扇的风一过去，大学生就马上用韩纸做的扇子大力扇动，让汗变凉。

其实《理想国》是一部非常写实的著作，仅凭思维本身充满魄力的展开就有吸引读者的力量。在展开论旨的过程中，发现狭窄而危险的地方……如果比喻的话，每当踏上悬崖边缘时，柏拉图就会借用苏格拉底的声音询问读者："还跟得上吗？"就像冒险的登山队队长回头确认队员们的安全一样。其实那是很危险的自问自答，他自己知道，我们也知道。

他用淡绿色镜片后面冷静的目光回应着她明显的视线。因为学生们尤其注意力不集中，所以他没有讲希腊语法，而是花了快十分钟的时间展开解释文章的内容。不知什么时候，这节课的性质已经倾斜到希腊语和哲学之间了。

柏拉图认为，相信着美丽的事物，但又不相信美丽本身的人处于做梦的状态，他认为这一点可以通过论证向任何人解释。他的世界因此而全盘颠覆。比如，他反而坚信自己处在从所有的梦中醒过来的状态。比起相信现实中真实的美丽，他更相信美丽本身——现实中无法存在的绝对的美丽。

*

下课后，她背着包走过办公室前，看到他正和短发的打工生说话。打工生正在热情地给他介绍自己新买的智能手机的功能。他微微弯着腰，整张脸几乎都贴在手机上，眼镜和手机马上就要触碰在一起。在这种姿势下，他看上去比实际身体更小了。打工生用又高又快的声音介绍着。

"这里，这个是设置在南极的企鹅居住地的摄像头实时拍摄的视频。这么热的时候看看真的感觉非常凉爽。嗯，这里现在好像也是晚上啊。这些小企鹅，能看见吗？企鹅们都睡着了啊……啊，这个？这个看上去深蓝色的东西？这是大海啊。白色的东西是冰块。这里都是冰河。哇，现在下雪了。能看见这个吗？我说这些，闪亮的这些点……您看不见吗？"

*

从简陋的补习班小楼的门口出来时，她看见大块头研究生正靠着阴暗的墙壁和谁打着电话。手指中间夹着还没点着的烟，咬紧牙发出低沉的声音，没有察觉到她经过，他低声说："我说过吧，我不求你帮我，只求你别拦着我的前路。去留学的钱，是我这么大都没念完硕士，打断骨头才攒下的钱。不管我给不给你这笔钱，爸爸你都会失败不是吗？失败，再失败，直到最后都失败不是吗？"

*

希腊语课结束后，她像往常一样沿着昏暗的街道走。马路上的车辆如往常一般以惊人的速度飞驰，在红色铁箱中装载夜宵的摩托车无视车道和信号灯进行特技驾驶。经过年轻或老去的醉汉们、穿着套装或短袖的疲惫上班族、在没有顾客的餐厅入口呆呆地注视路人的年长女人，她继续走。

她走到八车道和四车道交会的繁华街道。可以看到高耸的大厦和设置在顶部的巨大电子屏幕。像往常一样，她停在人行横道前，抬头看那些画面。比实际放大数十倍的脸上翕张着巨大的嘴唇，说着听不见的话。巨大的字体像鱼一样翕张着嘴在画面下流动，播放着被放大数倍的新闻画面。被担架抬走的尸体、群众、燃烧着的飞机、哭喊着的女人们在画面掠过。

恍神间绿灯亮了。她穿过辐射热还未冷却的黑色沥青马路，向对面走去。电子屏幕仍旧无声地播放着巨大的画面和字幕。在无尽的沙漠上沉默地行驶的帅气轿车，身穿低胸连衣裙的女演员无声的微笑，在黑暗的街道上空如幽灵般闪烁。

*

　　到达把这座城市从中分开的巨大江水边时，满是灰尘的她的脸已经完全被汗水浸透了。她一直沿着仿佛永远都不会到尽头的江边步道行走。照射在黑色的江水上的灯光不断闪烁。她小腿上的肌肉变得僵硬，穿着鞋底很薄的拖鞋的脚底像着火般滚烫。从江水表面吹来的黑暗而湿润的风慢慢让她的身体凉爽。

　　她不知道从去年春天开始她每晚吸入的空气中飘浮着的、不小心进入呼吸道后还在闪烁的极微量发光体。不知道这些微弱地点亮细胞之间的缝隙，透明地贯通又漂浮回来的元素。氪和铯137。因半衰期短而即将消失的放射性碘131。她不知道血管中流淌的温热而红色的血的粒子。她不知道漆黑的肺、肌肉和内脏，还有剧烈跳动的滚烫的心脏。

*

　　穿过地下通道，她继续走。经过卷帘门已经拉下的商店和正要关灯拉下卷帘门的商店，继续走。经过卫生间前生无可恋、不省人事地吵架的醉客，她继续走。通过像消化道般的地下通道尽头，走上黑暗的马路。她走过因信号灯故障只有橙黄色的故障灯在一闪一闪的危险马路。走过数十台轿车无声地停在漆黑的公用停车场，没有人迹仿佛废墟一样的街道。走过再次出现的煞风景的繁华街道。走过贫穷而吵闹的简陋酒家。穿过车道的中线，经过晃晃悠悠打车的醉客。经过和她对视时闪烁着下流的眼神，瞳孔早已涣散，对什么都漠不关心的眼睛。

临近零点，她才发现自己站在一家陌生的电影院的门口。最后一场电影的售票已经结束，灯箱的光已经关了。她不由自主地走向昏暗的售票处的半透明亚克力隔板，用嘴唇触碰到八个漆黑的洞近处，又快速离开。似乎从那些整齐的孔里会喷出恐怖的力量，强行从她的嘴唇和喉咙里吸出声音。

*

剧场前的公交车站昏暗而肮脏。在踩扁的啤酒罐、碳酸饮料塑料瓶、塑料袋、有人吐出的痰和撒在地上被踩踏的爆米花渣中，她站在那里。现在她再也不想走了。她看见也许是末班车的公交车驶入公交车站。虽然不在她的家门口停，但会路过她家附近。

走上公交车的瞬间，她被过强的冷空调风吓了一跳。只有昏暗照明的公交车上十几名乘客沉默地坐在座位上。有种浸透着疲劳和挫败感，带着年代久远、微弱的敌意般东西的沉默。

她一直走到两个座位都空着的位置。挂在驾驶座背后的电视上正无声地播放着深夜电视剧，只有画面，没有声音。一个男人和一个女人争吵着，然后激烈地、长久地接起了吻。电视机的颜色已经不能正常工作，画面覆着一层蓝色。

*

她没有看电视画面。极度的疲劳袭来，但即使闭上眼睛也没有睡意。因为近乎攻击的空调冷风，她的手臂和脖子上起了鸡皮疙瘩，她只是看着车窗外。公交车正在和不夜城的街道逆向而行。明亮刺眼的咖啡厅里的透明冰箱中展示着五颜六色的麦芬蛋糕和切片蛋糕。已经关门的珠宝店展窗中的巨大仿制钻石项链闪着光芒。占据建筑物一整面的巨大海报上的面熟男演员夸张地微笑，眼角露出很深的皱纹。穿着短裙和不合季节的皮靴的女人用攥着手机的手挥手打车。已经关门的小吃店门前的台阶上，头发花白的男人铺了报纸，蜷缩着躺在上面。

*

她想起小学时做的万花筒。用镜子店剪成长方形的三片镜子连接起来，组成三角柱后，把各种颜色的彩纸剪成小块放进去。一只眼睛贴着看，她瞬间就被摇动万花筒时展开的奇怪世界吸引住了。

失去语言后，有时她的眼前会浮现出那个世界：像现在这样筋疲力尽地被公交车载过漆黑而坚硬的森林般的夜晚时；走在补习班小楼黑暗狭窄的台阶上时；走过直到教室的长廊时；透过午后的阳光、寂静、树木和叶子，看它们缝隙里的黄色光线时；走过仿佛要爆炸一般闪烁的霓虹灯和彩色电灯下时。

失去语言后，那所有的风景都成了一片片鲜明的碎片。就像在万花筒中始终沉默的，如无数冰冷的花瓣一样统一变化花纹的彩纸。

*

那时她的孩子是七岁。

好不容易清闲的星期日上午，在说了一会儿不相干的话后，她向孩子提议，今天为他们自己起一个印第安式的名字吧。孩子觉得很有趣，给自己起名"闪烁的树林"后，也给女人起了一个名字。仿佛那是最正确的名字一般果断。

"飘扬而落的大雪的悲伤。"

"嗯？"

"这是妈妈的名字。"

她没能马上回答，只是认真看着孩子清澈的眼睛。

*

变成碎片的记忆移动着组成花纹。没有任何缘由，没有任何前提条件和意义。记忆散落成碎片，又瞬间紧紧聚合在一起。像无数蝴蝶同时停止挥动翅膀，似遮住面孔的冷静舞女。

她度过童年的 K 市的轮廓就是那样的。

九岁那年夏天的休息日下午，养了将近五年的白狗走在前面，她在后面，穿过离家很近的那条路时，超速驶来的面包车像闪电般轧过白狗，逃逸了。前几天才刚铺好的炽热沥青路面上，狗的腰部以下像被揉搓过的纸一样。只有前腿、胸部和头部还是立体形态的狗吐着白沫呻吟。她赶忙跑过去，想要抱住狗的上半身。但狗用尽全身的力气咬住她的肩膀和胸部，她连尖叫声都无法发出。她的双臂试图括上狗的嘴，在狗想再次咬她手肘的瞬间，她晕厥了过去。等大人们跑来时，白狗已经死了。

她想起大雪所及之处，四周都在闪耀的池水。

二十岁那年的春天，父亲死在夜班的值班室里。她护送着父亲的遗体回到 K 市近郊的祖坟，那样漫长的一天。仿佛整个世界都变成鱼缸，耀眼的青色池水在一望无际的稻田闪闪发光。

她想起让她深红色的嘴唇发胀的奇怪梦境。

在那个数次反复的梦中，她看到水疱破开的地方血和脓水流淌。门牙像快要掉下来一样，整颗在晃动，她吐出一口痰，痰里包着一口血。说不清是谁的手把像石头一样坚硬的药用棉球塞满她的口腔，似乎想一并把血和尖叫都密封起来那样坚决。

*

从公交车上下来后她继续走。

不停歇地走五六站的路，走上曾经用来装饰人行横道的水泥碎石都破碎的单行道。

因为刚才公交车上的冷空调太冷了，闷热夜晚的热气让她感觉温暖。

她拨开每个水泥裂缝处疯长的杂草，继续走。

在拖鞋的黑色皮带之间，皮肤被湿气打湿。

*

不做评判。

不赋予感情。

一切变成碎片袭来，

碎片四散，消失无踪。

单词离身体更远了。

像重叠起的沉重影子，

像恶臭与恶心，

像黏稠的触感般渗透的感情离去。

像浸水很久、摩擦力变小的轮胎。

像无意识地腐烂的肉的一部分一样。

*

　　她坚实的身体从早到晚数次被汗打湿又干燥，映在洗手台上的镜子中。她走进盛满一半温水的浴缸里，把沾满灰尘的身体浸泡在水中，最大限度地做出舒服的姿势。她不小心睡着，在水几乎凉了的时候才睁开眼睛。

*

　　她轻轻吻在熟睡的孩子的眼皮上，然后和孩子一起躺下，闭上眼睛。等睁开眼睛时，雪花应该大肆飞扬，于是她用力合上了眼皮。闭上眼睛就不会看到。不会看见闪耀的六角形巨型结晶，不会看到像羽毛一般的雪花，也不会看到深蓝色的大海和像白色屋顶的冰河。

　　直到夜晚结束，她既没有语言也没有光。所有的一切都被纷飞落下的雪覆盖。冻住又破碎的时间一般的雪，无止境地落在她僵硬的身体上。她的身边没有躺在一起的孩子。一动不动地躺在阴冷的床边，数次从梦中醒来的她吻在孩子温暖的眼皮上。

12

　　大块头研究生举起胖乎乎的手向希腊语讲师提问。真挚而清亮的声音在安静的教室中响起。被汗水打湿的灰色条纹衬衫的后背和腋窝处紧贴皮肤，变成深灰色条纹。

　　"神灵的，*tò δαιμόνιον*，to daimonion 和神的，*tò θεῖον*，to theion 这两个词的差异是什么？上节课您讲过 *θεωρία*，theoria 有'看'的含义，神的，*tò θεῖον*，to theion 也和'看'这个动词有关系吗？如果是的话，是说神是看的存在，或视线本身的意思吗？"

　　坐在她旁边的满脸都是粉刺的哲学系学生问希腊语讲师。他还留有一些大邱方言的口音。刚才放下的手机屏幕上，是他和一个穿着白衬衫的短发女生一起举起手臂做出心形的照片。

在论证"所有的事物伤害自己时都在自己内部"这个地方。用眼炎破坏眼睛，使其看不见、铁锈破坏铁使其完全破碎来举例。但与它们进行类比的人类的灵魂，为什么不会被那些愚蠢而恶劣的属性破坏呢？

13

天还没有亮。

有人走进我的房间，碰了碰我的肩膀，递给我一封信。我揉揉眼睛，站起来和对方致谢，然后接过那封信。打开没有写任何字的信封，雪白的信纸工整地折了两折。在打开白纸的短暂瞬间，我从指尖的触感就感觉出来了，这是一封用盲文写的信。

我开始慎重地触摸信里的句子。一句也没有遗漏，终于摸到了信的结尾，却完全不懂它们的含义。我甚至分不清我读的是韩文的盲文，还是阿拉伯数字的盲文。那时我才明白，我还没有学习盲文。

我把这封寄信人和内容都不清楚的信放在膝盖上，一阵发抖。现在应该给使者传递何种回答才是正确的呢？我想不起来刚才递给我信的人，还站在我床边的那个人的面孔。

虽然还在梦中，但当我抬起头，我知道自己从刚才读盲文信的梦中醒来了。房间里没有任何人。像回到幼年时期的早晨一样，所有事物都散发着鲜明的光和形状进入我的视线。窗户开着，也许在刮风，深青色的窗帘微微晃动。房间里的空气如含着微小的玻璃珠一样鲜明地闪耀。我看到刷着淡蓝色的墙面上挂满数不清的水珠。我看着从外墙渗透进来、流到地板上的耀眼水珠，十分惊讶。难道外面在下雨吗？但为什么这么明亮呢？

当我意识到自己做着睁开眼睛的梦时又突然进入了沉沉的睡眠，我没有感到痛苦，也没有失落和绝望的感觉。我只不过是在睡意慢慢从身体退去的过程中，坚定地回到了梦里去而已。像睁开眼睛看苍白的天花板，看轮廓模糊的事物一样，只不过是又一次冷静地确认了没有可以逃离到梦之外的世界这个事实。

14

脸 庞

至今还没有真实的感觉。你，三十七岁，约阿希姆·格伦德尔死了。用手指触摸到无法阅读的盲文信的最后一个字，就像无论如何也必须说理解了的那个陌生的梦一样。

"我知道你无法从那么远的地方赶来。"你的母亲这样对我说。葬礼将会在六个小时后举行，觉得我也许会感觉抱歉，所以故意晚一些才告诉我。我用尽全力冷静地说了声抱歉。她回答没关系，然后问我过得怎么样。我说马马虎虎，回到德国的话我去看望她。你的母亲没有马上回答，在短暂的沉默后，她用哽咽的声音说：

"当然了，什么时候都欢迎你来。"

从接到那通电话的星期六早晨开始，我就躺在这张床上看天花板。每当因为饥饿打开冰箱门，在明亮的电灯下我可以比较清楚地看清里面的东西，这让我十分惊讶。那冰冷而鲜明的空间好似冻住的乐园，我开着冰箱门就那样任时间流逝。拿出简单的食物放在餐桌上，短暂地应付饿意，然后如需要静养的患者一样躺回床上。

*

你房间的窗户尤其大而明亮。

到了阳光慷慨的下午，窗边架子上展示的数十架飞机模型都各自闪耀着光芒。在我背对你站立，感慨那些飞机的精巧细节时，你盘腿坐在铺着青色和绿色相间条纹的床单上，滔滔不绝。我回过头来和你四目相对，你总是开玩笑地皱鼻子，你的黑框眼镜随之微微上抬。

你谈论的话题总是天马行空，读了很多书的你，话题像坐过山车一般通过暗示、引用和论证的隧道，持续很久。有时，当我感觉你的话题太长了，就会吃一口你母亲亲自烘烤的美味派。装作无意，其实很认真地看你桌子旁的灰墙上贴的古地图复印件、行星的照片和黑白画——犰狳、猛犸象和尼安德特人的侧脸。

有时，你的话题也会不那么小心地涉及我的眼睛的状态，并延续到无法分割考虑的未来的问题。你不是不知道那会隐秘地让我感到受伤。你天真地说，如果我是你的话，为了以后我会提前学习盲文，也会练习用白色的拐杖独自一个人在街上走路。买一条训练好的导盲犬，到这个家伙变老、死去为止一直生活在一起。

你肯定觉得自己有那样说的资格吧。因为你经历了几乎这世界上所有的痛苦。从刚出生的婴儿时期，你就接受了十几次大大小小的手术，听说在十四岁的时候还被宣布只剩下六个月的生命。执着地自学，最后考上大学，医生和护士们全都非常震惊。你说在医院外第一个交的朋友就是我。

我记得非常清楚。我们初次见面时你骨瘦如柴的身体。只不过比我大七个月，但你的额头却像中年男人一样布满皱纹。

你在那额头上更用力地挤了挤，对我说：

"说心里话……以后我能出版书的话，不管以任何方式我一定要制作盲文版本。有人用手触摸，一行一行直到最后都摸着读完那本书就好了。那真的……该怎么形容呢，真的是和那个人有接触啊。不是吗？"

为了证明你的话不是随意说出的笑话，你真挚地看着我的脸。我记得那种敏感的人特有的感觉到自我意识的表情，还有在阳光下能清楚地看到虹膜的淡蓝色眼睛。那个瞬间我感觉你好像想摸我的脸，也感觉你似乎希望我摸你的脸，但我马上就否认了这种感觉。

*

有时我会想起和你第一次也是最后一次去近郊石山的那个星期日。我们穿着短裤走在像露在外面的白色关节一样的岩石上，为避免小腿被叶子锋利的干枯灌木割伤，双手撑着两个膝盖小心地向上爬去。擦着汗，休息一会儿，喝几口前一天晚上晾好的水，吃点带来的黑面包，相互交换现在已经想不起来的笑话，咯咯笑着，最后还没有爬到山顶太阳就开始落山，所以我们就下山了。

我小时候生活的地方也有这样的石山，那时我告诉过你。我是看着叫作仁寿峰和白云台的两个白色石山峰长大的。现在想起祖国的时候，比起千万人口拥挤的城市，我会想起那两个像一双面庞一样的山峰。

我准确地记得这件事的原因，是你没有像一直以来那样嬉闹活泼地回应我的话，而是晕倒了。你从斜坡上滚下两三米，腰撞在长长的岩石上才停下来。

我难以相信眼前的情况。你曾告诉我你现在已经完全康复了，说你不想记得已经腻烦的二十多年与疾病抗争的记忆，甚至仿佛为了让别人看一样，经常抽烟或一口干掉一杯啤酒。我没有一丝怀疑过你自信满满的那些话。

我记得仿佛像陌生人一样的你那僵硬的脸，记得担忧着也许是第一次见证别人死亡而颤抖的我的手，记得你的眼睑慢慢闭紧不再睁开。在背你下山的那条倾斜的岩石路上，我浑身被汗浸透，眼皮里如下雨般流淌着火辣的汗。

*

就那样下山后过了十天，在病房的铁床上你斜斜地直起上半身坐着，你问我：

"你，曾问过我为什么想学哲学吧。你真的想知道我的想法？"

你的眼镜放在床旁边的桌子上，但你还是皱了皱鼻梁，想把滑下来的眼镜推上去。

对于古代希腊人来说，所谓"德"，并不是指善良或高贵，而是指能把某件事做到最好的能力。你想想，最擅长对人生思考的人是什么人呢？是无论何时，在任何地方都与死亡相遇的人……因此也是任何时候都不得不必死般思考人生的人……就是说，像我这样的人，才是拥有关于思考的最好的德行（arete）的人，不是吗？

*

几年后，那时我已与你分开，独自去瑞士旅行。

那天我在卢塞恩码头乘船，一整天在冰封的峡谷中穿梭。最初的计划是驶向船的终点——湖的最深处，但中途我突然在一个叫作布伦嫩的小城市下了船，是因为环绕港口的两座白茫茫的巨石山峰。左边的山峰像白云台，右边的山峰像仁寿峰。

从我长大的水逾里看北汉山，左边是白云台，右边是仁寿峰。实际上白云台更高一些，但因为仁寿峰稍靠前，所以反而看上去更高。布伦嫩的两座山峰的位置和相互间微小的高度差异，白色岩石的模样和森林茂盛的程度都非常相似。没有任何心理准备就直面相遇的熟悉风景，我也许有些震惊。

从码头下来，我的视线被坐在自助餐厅的铝制椅子上吃午餐的青年吸引。浅金色的头发，脸形稍长，穿着宽松的背带牛仔裤。是个和你一点相似之处都没有的家伙，我却想起了你。

我问看着我微笑的他："在吃什么，好吃吗？""嗯，是瑞士芝士蛋糕，今天是星期五嘛。"他竖起大拇指回答。我从自助餐厅里买了一模一样的芝士蛋糕，坐在他旁边的桌子上。

我问："不过星期五和芝士蛋糕有什么关系？"

他回答："大家在星期五都不吃肉而吃芝士蛋糕。我呢，虽然不是那么信奉宗教的人……耶稣不是在星期五去世的嘛。"

那之后我们两人之间来往的对话并不特别。在哪里出生，做什么工作，这座城市是个什么样的地方，还要去哪些地方旅游等，相互问了类似的问题。我知道他的名字叫伊曼纽尔，是一名电器修理工，这个职业相当无趣；他想以后去德国和奥地利旅行；三岁时父母离婚后，前十年和母亲一起生活，此后一直到现在和父亲一起生活。他也知道了我已经第二年在和瑞士比邻的康斯坦茨学习"令人头疼"的功课；博登湖的景色也如卢塞恩湖一样美丽，但到了冬天城市里布满大雾，看起来有些忧郁；到了大雾直到傍晚都不会消散的日子，视野变短，必须沿着建筑物的外壁走才行。他似乎对我没有去过柏林这个事实有些失望。

我并没有想在布伦嫩小而普通的市区转转的想法。和伊曼纽尔并排坐在一起看湖水，吃着不甜的瑞士芝士蛋糕，一边闲聊着没有目的的话题，这就足够了。阳光非常耀眼，但湖边的风却颇为寒冷。

大约三十分钟后，回卢塞恩的船回来。我和伊曼纽尔轻轻握手，就此作别。虽然互通了姓名，但我们没有交换邮箱地址等东西。在船离布伦嫩码头越来越远的时间里，我向他挥手，他也向我挥手。我曾坐过的铝制椅子和还剩下大约四分之一的芝士蛋糕盘子越来越远，直到再也看不见。和你一点也不像的伊曼纽尔越来越远，终于变得模糊。像白云台和仁寿峰的白色岩石山峰渐渐远去，当船进入峡谷，终于也看不见了。

那时我的心里为何那么凄凉呢？好像在缓慢告别的那光景，无法看清、好像被语言填满的那沉默，一直这样生动地展现在我面前吗？仿佛那段经历回答了我什么一样，仿佛在说，已经给了我疼痛入骨的祝福般的回答，我要自己去理解。

*

灿烂的。
依稀明亮的。
阴暗的。

我没有戴眼镜，感受着无法用这几种表达改变的微弱亮度差异，已经就这样第三天看着天花板了。

我无法理解。
你死了，我感觉所有的一切都离开了我。
只是因为你死了，我感觉所有的记忆都在流血、急速斑驳、生锈、破碎。

*

"你学哲学的话太文学了。"有时你会这样忠告我。你说："你想通过思考到达的，是不是只是一种文学性的激昂状态呢？"

我记得和你持续到深夜的辩论。还记得在辩论完全结束后，我的注意力突然转移到光秃秃的墙上或深色的窗帘上时，干净的沉默仿佛一直在等待我们。那个时候的你是我无法打败的敌人。你可以清楚地解答我提出的所有问题，而我总是在你的提问中迷路。"错了，"你总是这样说，"虽然很抱歉，但现在你说的是错的。"在漫长的辩论要结束时，你会加一句："我还是觉得你更适合学文学。"你就是这样刻薄的朋友，极度严苛的同龄老师。

我大概知道老师忠告我的那句话也许是正确的，但我无法那样做。我无法承受阅读文学内容的时间。感觉与意象、感情和思维粗糙地十指交扣晃动的那个世界，我实在不想信赖。

但我不可抵抗地被那个世界深深吸引。比如，教授亚里士多德的博尔谢特老师对潜在态的解释：以后我的头发会变白，但现在在现实中还不存在；现在虽然没有在下雪，但到了冬天，至少会下一场雪。在他这样讲时，我仅仅因那重叠的意象之美而感动。我瞬间幻想着坐在教室里年轻的我们的头发，和高个子的博尔谢特老师的头发突然像霜一样变白，如雪花飞扬，让我无法忘记。

读柏拉图后期的著作时，当被问到泥巴、头发、地气、水中的倒影、瞬间出现又消失的动作是否有"理念（idea）"时，我如此着迷的原因也是一样的。只是因为那个问题的感触很美，因为它触动了我内心感受美的电极。

*

我记得那时我深深沉迷的主题。记得你和我探讨至凌晨的，那些关于黑暗的理念，死亡的理念，消亡的理念，漫长但毫无意义、孤独的对话。

你说，所有的理念都是美，是善，是崇高。你像说服比自己小的学生一样，冷静而悲伤。"这是必然的不是吗？但正是因为这样，所有的理念就不得不与好的理念相关联不是吗？就像首尔和威尼斯、法兰克福、马因茨的广场在同一天全部存在一样。"

我摇了摇头问你："但是，假如消亡的理念真的存在……那它应该是干净的、善良的、崇高的消亡吧？因此，消亡的雨夹雪的理念是干净的、美的、完整的，是没有任何痕迹消失的雨夹雪不是吗？"

你摇了摇头："你看，死亡与消亡从最开始就与理念的方向是不同的。融化后成为泥水的雨夹雪从最开始就不可能拥有理念。"

听到你的话的瞬间，虚无的全世界失去了光芒。但永远不会融化、飘扬的雨夹雪，永远不会落在地面的雨夹雪的世界仍像昏暗的幻影一般，展现在我眼前。

看这里，你像安慰我一样，再次说道：

"黑暗中没有理念，就只有黑暗，负数的黑暗。简单来说，0以下的世界没有理念。无论多么微弱都可以，还是需要光。如果连微弱的光都没有，那就没有理念。你真的不懂吗？最微弱的美、最微弱的崇高，需要至少是正数的光。怎么会有死亡与消亡的理念！你现在就像是在说圆圆的三角形一样。"

*

那天凌晨，你突然问我，像一直以来的那样，没有畏惧，不考虑我可能会受到的伤害。你问我，总有一天眼睛会盲的事实，对平时我的思考和感情有多大的影响。

我没有回答，只是看着你的脸。看着你眼睛下面黑色的阴影，看着你凹陷的脸颊和黑漆漆的嘴唇。

那个瞬间，我该如何回答我那么讨厌的那句话、你残忍的提问呢？

直到那时我也从来没有以那种方式思考过我自己。我在十多岁的时候才搬到德国，想要完全掌握德语构词已经年龄太大了。所以无论我多么努力，和同年级的同学相比，我学得好的科目只有数学和希腊语。从东方来的孩子数学好不算什么特别的事，但希腊语却不同。因为即使是流畅说拉丁语的朋友也对希腊语的语法投降。正是那复杂的语法——连同它是数千年前已死的语言这个事实一起——让我感觉它像一个寂静且安全的房间。在这个房间里，我开始被大家熟知为希腊语说得好的神奇东方孩子。如被磁力吸引，我被柏拉图的著作吸引也是从那时开始的。

但真的是那样吗？我真的是因为你说的那个理由才被柏拉图传道的世界所吸引吗？就像在那之前，我被一刀斩断感官实物的佛教所吸引一样，是因为我必然会失去这个"看"的世界吗？

那个凌晨，我为什么不能向你提出一样的问题呢？为什么我不能像你一样鼓起勇气，承受受伤的可能反问你呢？如果我的条件是这样的话，那么你的条件呢？你的条件对你的思考和行动又有什么样的影响？

*

和你一起度过的漫长时间里，比起任何提问与回答，任何引用、暗示、论证，也许我最想问你的问题反而是这个。

我们把所拥有的最脆弱、最柔软、最孤独的东西——我们把生命——返还给物质世界的时候，不会有任何代价返还给我们。

当有一天这个瞬间来临，我绝对不会说我经历的所有记忆全都是美好的。

从这个简陋的逻辑出发，我相信我理解柏拉图。

他同样知道这个世界没有美丽的东西。

他知道至少在这个世界上，永远没有完整的东西。

*

那个时候，有些瞬间我会清晰地想起做梦梦到的意象。

一触碰深秋还未凉透的泥土就融化的雪花。

令人眩晕的早春的地气。

寂静而微弱的那些气息，从未相信过的神的碎片。

没有诞生过，也没有消亡过的理念。

所有存在的背后如在水面上倒映的明亮影子一般的，所有的存在开出数千朵耀眼的花，笼罩这个世界的，十六岁的我心无旁骛钻研的《华严经》。

摘了眼镜躺在这张床上，模糊地看着那白色的空中，我思考着那个世界。

睁大眼睛，注视着那个东西。

*

但那时候深深吸引你的并不是那样的东西吧。

实际存在的物体与时间。

从无中炽热爆发而诞生的世界。

在前进之前永远徘徊的时间的种子。

是的，时间。

博尔赫斯将自己称为燃烧的火。

那谜语；那一瞬间发射升空，永远飞出去的箭头；那之中燃烧着迎接消亡的生命，你想用手抚摸它们吧。

终于你忍受不了学校，跑了出去。

你向我，向你疲惫的母亲发誓，再也不要成为学生。

我记得你那些鼻子、嘴唇和舌头上打钉的朋友。

还记得其中那个眼睛尤其悲伤的朋友。

我记得他们的音量越高，就越让我心脏撕碎般哀伤的音乐。

你曾对我说，

没有在病房的苯的味道中长大的人，谁也不可能理解你。

你说美必须是强烈的，必须有生机勃勃的力量。

你说所谓人生，决不能只是忍受。

你说憧憬这里之外的其他世界是一种罪恶。

所以，对你来说美是拥挤的街道，

是阳光明媚的有轨电车车站，

是剧烈跳动的心脏，

是膨胀的肺，

是还温暖的嘴唇，

是那嘴唇用力揉搓在某人的嘴唇上。

*

你失去那所有的炽热了吗？

你真的死了吗？

沉浸在思考中的脸庞。

有深纹的嘴角。

充满笑意的眼睛。

不想回答明摆着的答案时，总会耸肩的习惯。

你第一次拥抱我的时候，我感觉到那身体中恳切的、无法隐藏的欲望时，我在震惊中准确地明白了。

人的身体就是悲伤。它由凹陷的地方、柔软的地方、容易受伤的地方填满。手臂、腋下、胸部、大腿间。这具身体为了拥抱人，为了被别人拥抱而诞生。

那个时节过去之前，我至少应该紧紧拥抱你一次。

那绝不会伤害我。

最终我不会倒下，也不会死亡。

*

现在我马上就要区分不清镜子中映出的自己的面庞和其他

事物了。

我记忆中的所有面庞都在记忆中固化了。

你一定会在这个瞬间毫无保留地给我忠告吧。耸耸肩膀，夸张地皱着鼻梁对我说话。

"那个到底是要做什么？学盲文吧。在白纸上戳破点写诗吧。学习怎么和不错的导盲犬相处吧。"

如果你没有死，我回到德国，再次见到你的时候应该抚摸你的脸吗？应该用我的手抚摸你的额头，你的眼睑、鼻梁、脸颊和下巴的皱纹吗？

不，我做不到。

因为随着时间流逝，你渴望我。

因为无法承受那份渴望，我不断挣扎。

因为你亲手毁了我们之间的一切。

因为我以全力深深伤害你，然后逃跑了。

因为我怨恨你。

因为我思念不是你的你而无法入睡。

因为我疯狂想念的不是你，但又只是你的你。

*

那哀伤的身体现在已经死了吗？

你的身体偶尔会想起我吗？

我的身体在这一瞬间记得你的身体。

记得那短暂而痛苦的拥抱。

记得你颤抖的手和温暖的脸。

记得你眼睛里含着的泪水。

15

她上身向前倾。

握着铅笔的手愈加用力。

头更低。

手里抓不住单词。

失去嘴唇的单词，

失去牙根和舌头的单词，

抓不住失去喉咙和呼吸的单词。

如没有身体的幻影，触摸不到它的形状。

16

ἐπὶ χιόνι ἀνὴρ κατήριπε.
χιὼν ἐπὶ τῇ δειρῇ.
ῥύπος ἐπὶ τῷ βλέφαρῳ.
οὐ ἔστι ὁρᾶν.

αὐτῷ ἀνὴρ ἐπέστη.
οὐ ἔστι ἀκούειν.

一个人趴在雪中。

喉咙覆雪。

眼睑盖土。

什么都看不见。

一个人停下站在他面前。

什么都听不见。

17

黑 暗

一只鸟刚刚飞进楼里，是一只比小孩的拳头小一些的大山雀。刚进来还找不到出去的路，着急地叫着，把头撞向水泥墙上、通往二楼的楼梯栏杆上。

刚进楼门的女人无声息地停下来。她看到鸟第三次把头撞在墙上，于是转过身来。她把原本只打开一侧的玻璃玄关门的另一侧也打开。在比舌头和喉咙更深的地方，她说：

要出去啊。

为把鸟赶到外面，女人用提包拍打墙壁。显然，鸟把它当作一种威胁。它瞬间飞到通往地下楼梯的黑暗中，躲在栏杆下面一动也不动。

不能躲在那里。

要出去啊。

她向后退了两步，鸟仿佛放松警惕了一样，接着就听到了哔哔的纤细声音。她又向前走一步，声音就停止了。她看向打开的大门外面。枝干斑白的夏季树木笼罩在傍晚的霞光中。打开雾灯的出租车停在玻璃门前。

身穿没有花纹的纯白棉衬衫和深灰色棉裤子的男人从出租车上下来。为了不被昏暗的台阶绊倒，一下出租车他就打开了手电。走进开亮灯的楼里，他关掉手电，背着沉甸甸的书包走向她。犹豫了一下，他轻声问道。

"……你在看什么？"

男人倾斜上半身，向女人俯视的楼梯栏杆下的黑色生命体看去。在黑暗中，那个东西稍微动了动。他打开手电筒照着看，是老鼠吗，还是小猫？他看不清具体的形态。

男人清楚地听到女人紧张的呼吸声。他意识到这是第一次从女人那里听到什么声音。女人把头发紧紧扎在后面，捋到耳后的碎发随着她深深地吸气和呼气晃动着。男人突然想好好看看，但因为照明不够亮，除非用手电筒照在女人脸上，否则看不清她的表情。

正当他想着是不是再用手语和她对话时，女人的呼吸变远了。黑色的半袖罩衫和黑色的裤子，苍白的脸和脖子、手臂渐渐远去。低跟皮鞋发出的嗒嗒声像句子中的标点符号一样，在石阶上响起。男人静静站在原地，听那声音一刻不停地直到三层走廊上。没有任何语言、没有尽头远去的那脚步声似乎刺激了他情感的某个部分，他开始思考自己什么时候还经历过这样相似的复杂情感。

男人刚迈开脚步想跟着走上去的瞬间，听到哗哗的叫声。他猛地停了下来。低头看着台阶下面，像死了一般黑漆漆躺着的物体正一级台阶、一级台阶地从地下跑上来。他一打开手电筒照着看，那物体又像死了一样蜷缩起身体。这时他才猜到那可能是一只鸟。

"……要出来啊，不能在那里。"

他的声音回响在走廊里。他转过头看着大门外的树木，暮光快速深沉，树木的轮廓几乎都是黑色的了。

犹豫了一下，他打开书包，拿出一本厚厚的书。把书卷起，用一只手握着，另一只手打着手电照明，小心翼翼地走下台阶。他打算最多只往下走三级台阶。鸟还是一动也不动。他打算用卷起的书敲打鸟在的那一边，低下身子的瞬间，伴随着一道"哗哗"刺耳的声音，鸟猛地飞了起来。他想避开朝着脸直飞过来的鸟，结果脚踩空了楼梯。手电掉了。鸟向着墙和栏杆用力撞头，然后再次朝他飞去。他的眼镜掉在地上，耳边的扑棱声让他用手臂抱住头不停摆动。两次，三次，镜片被踩碎了，被他的鞋踢到的眼镜滚到楼梯下。鸟用尽全力挥动着翅膀向玻璃门飞去，头撞在水泥墙上、铁质信箱上。

他坐在黑暗的台阶上。所有的一切都漆黑模糊。他用颤抖的手摸索台阶找眼镜。在无法感知距离的深处，手电筒灰蒙蒙地散发着光晕。

"……有人吗？"

声音有些沙哑而低沉。

"有谁在那里吗？"

他把腕表紧贴在眼前，仔细注视淡绿色的夜光指针。看不清楚。也许是八点十五分左右。七月的最后一周，夏季休假高峰前的星期四。星期五的课已经取消，在补习班办公室值班的打工生只是打开教室的门，早早就回老家了。上班族中年男人已经提前告诉他今天请假。那么三层的教室里就只有那个女人、研究生和哲学系学生了。那个女人是没法帮他的人，剩下两个人的性格会聊着这样那样的闲话，有耐心地等待老师三十多分钟。

他开始用双手摸索台阶。摸完整个台阶后，他坐着挪向下一层台阶。万幸在不远的地方摸到了背包。他打开拉链，翻动摸索了一阵，才知道自己没有带手机来。下午，时隔一个月收到一封来自德国的信，他把信放在书桌上，思绪沉浸了一会儿，就错过了离开家的时间。急慌慌地刮胡子，走出家门，忘记把手机带上了。

为了不让背包再掉落，他把包斜背好，又开始摸索台阶。但只能摸到土和灰尘，还有不知道是什么东西的硬硬的小块。偶尔摸到一两片尖锐的金属碎片，他会仔细在周边摸索，但无法确认那是不是眼镜的玻璃。

他用双手和臀部撑着，朝像在深海中广阔散开的光的中心走去。首先要把手电筒拿到手里。用手掌依次扫过阶梯的他吐出呻吟声。是眼镜，眼镜完全碎了。他感觉到从右手指尖流出血的尖锐但温暖的感觉，紧紧咬住下嘴唇内侧。眼镜框弯曲，两侧镜片破碎，没有受伤的左手摸来摸去，仔细感受。

究竟过了多久的时间呢？

听不到任何人的动静。

不知道是早早从大门飞出去了，还是终于撞破头死了，也听不到那只鸟的声音。

如果那两名男学生在这么安静的晚上聊天，尤其是研究生那洪亮的声音，他会不会在这里依稀听到呢？

如果他们今天没有来，三楼教室里的人就只有那个女人了。

想到沉默地坐在空荡荡的教室里的那个女人的瞬间，他紧紧闭上了眼睛。只是远处散发的光消失了而已，但和睁开眼睛时几乎一样的黑暗让他的眼睑里面晃动。

不能向那个女人求助。

那个女人听不到声音。

终于，他睁开眼睛。为更接近发散的光，他再次用左手摸索台阶。瞬间，他听到了从上面的走廊传来的皮鞋声。

他不再试图用手捡起碎掉的眼镜，开始用双手和两个膝盖摸索向上爬去。很明显，是刚才听到过的女人的皮鞋声。他用拳头敲打铁栏杆，用沉甸甸的包连续敲打。哪怕是听不到的人，也许也可以感受到振动。

"请帮帮我。"

即使觉得没有用，他还是出声呼叫。终于，皮鞋声开始向地下台阶来了。

黑暗中的黑暗，他无法识别移动着的黑暗，只能感觉到脚步声停在离他很近的地方，似乎隐隐约约听到人的呼吸，感觉那个人的气息正在靠近。他睁开眼睛，抬头看向声音来的方向。

"能听到我的声音吗？"

"上面还有其他人吗？"

"眼镜碎了。我的视力非常差。"

"你可以帮我叫个人吗？"

"得叫一辆出租车，在眼镜店关门之前。"

"你能听到我说的话吗？"

一阵淡淡的苹果香肥皂的气味扑鼻而来。冰冷而灵活的双手伸到他的两个腋下。依着手的力量，他站起来。他想用双脚稳稳地踩在看不见的地面上。依靠看不见的人的手臂，他一步一步踩着台阶向上。每当他的脚踩空时，紧贴着他身体的手臂就会用力扶住他。

黑暗的亮度变得不同。他察觉出已经走完楼梯，越来越靠近亮着灯的大门了。能看到模模糊糊的黑色物体的轮廓。然后他看到也许是邮箱的灰色和白色的墙面，可能是大门外压倒性的黑暗。

女人的一只手臂撑着他的背部，另一只手臂抬着他的胳膊肘。他感到一阵湿润的冷风。他们站在敞开的玻璃门前。他大致能看出女人模糊的面孔和手臂。他把流血的手随意在衬衫上擦了擦。一直握在手里的，已经破烂扭曲的眼镜掉在脚边。难道，下面一直出现的红色斑点是他的血吗？他想弯腰捡起眼镜，但手握不住。他用舌尖湿润着干涸的嘴唇，对女人说：

"我的包里有钱包，够打出租车。开到商业街应该可以找到眼镜店。我需要配眼镜。"

18

　　每当人行道上出现一个凹陷的地方时，她就会拽他的胳膊作为信号。她能感觉到每当一只脚朝空中迈开时，他都会不安。终于走出黑暗的小巷，她站在双车道的人行横道前环顾四周。

　　要找药店。对面路边的药店关着卷帘门。这是一条出租车不经常驶过的冷清街道。过了上下班时间，市内公交车的发车间隔就会变长。像每次自己的孩子突然生病时一样，她冷静而迅速地确定了要做的事的顺序。他右手的伤口很深，还沾染了土和灰尘。为了止血，她用手帕把他的手腕绑起来，但已经有一半的手帕被血浸湿了。担心伤口里也许扎进小玻璃碎片，她不能直接止血，或擦掉血迹。

　　她看着他的脸。晃动着的他的视线落在沥青马路的黑暗处，没有戴眼镜的他的脸看起来有些陌生。比想象中更大的眼睛，努力掩藏恐惧和慌张的表情。

她握紧他没有受伤的左手。深吸一口气，用颤抖的食指指尖在他的手掌上一笔一画地写：先—去—医—院。

19

黑暗中的对话

"你能帮我打开书桌上的电灯吗？不是天花板上的荧光灯，而是书桌上的白炽灯。太亮的话反而很难看清楚。"

她脱掉皮鞋，走向房间里面。这是一个简朴的单间公寓。用有很多木材棕眼的杉木制成的书桌和三尺长的书架旁边，放着用深蓝色床罩包裹的铁制单人床。洗手池上的架子上摆放着朴素的马克杯、饭勺和小盘子。旁边放着一台细长低矮的小冰箱。

她一直走到上面堆着五六本书的桌子旁，打开放大镜旁的浅褐色台灯。在她往门口走的时间里，他伸手摸索墙壁，关了她刚才打开的荧光灯开关。当下面的开关开启，厨房餐桌上的白色白炽灯亮了。

"现在开始你不用扶我也可以了。

"啊，我的包放在这里了啊。

"没关系。我只要知道位置就可以。

"不用担心我会再碰到或摔倒。"

她把放在鞋柜旁的他的包拎起来，本想移个位置，又放了回去。湿润闷热的酷暑到深夜也难以消退，她的黑色罩衫现在有些湿漉漉的。扎起来又松开，乱七八糟地垂在肩膀上的头发也被汗水浸湿。他白衬衫的背部也完全湿透了。胸前稀疏的血迹已经干涸。绑着绷带的右手垂下来。两人的手臂和脸都被汗水浸湿。

"……请你坐在窗户下面的椅子上可以吗？

"这个房间里，那里是最凉快的位置。

"非常热的时候，我也会在那里睡觉。"

她走向那个稍微蜷缩便可以躺上去的木质长椅。没有坐下，而是把自己的包放在了上面。她依靠长椅站着，看着他四处摸索，没有摔倒一直走到床边坐下。刚才在出租车上，他也是那样自然地指着路。十字路口后，在第一个出现的路口左拐。看到 Buytheway 便利店 [1] 后的第一个房子。出租车刚停下，他低声问她："这里是 Buytheway 后面的第一个房子吧？"她没有回答，而是短暂地握了一下他的手臂又马上松开。

"对不起，家里没有电风扇。
"想着尽量不要添置行李，就这样了。"

像现在这样离得远远地坐着，他好像也不知道再说些什么了，他有些尴尬地坐在床上，呆呆地看向她在的方向，然后用没缠绷带的左手指着餐桌旁边的冰箱。

"……你要喝杯水吗？冰箱里有几瓶纯净水。
"不，你坐着吧。我来拿。
"没法给你倒在杯子里了。偏偏是右手这样。"

他从床上站起来，走向冰箱。用左手打开冰箱门，摸索着最上面的一层，拿出两小瓶纯净水，夹在右边腋下。她想帮他，准备走过去。

---

1 韩国 20 世纪 90 年代的便利店，于 2010 年被 Korea Seven 收购，与 7–11 便利店合并。

"不，请你坐着吧。"

"我自己可以。"

他迈着小心翼翼的步伐走向她。用左手拿出腋下的纯净水递给她，她站着接过水瓶。

"如果有眼镜的话，我还可以给你泡冰咖啡。

"我有一个妹妹，她是个绝对不会称赞哥哥的人，但她说我泡的冰咖啡很好喝。她现在在德国，在合唱团里唱歌，是女高音中资历最久的。"

一人拿着一瓶水，他坐在床边，她坐在长椅上。她俯视铺着木板花纹的仿油地毡地面和上面垂下的家具影子，然后视线转向贴着米色壁纸的天花板，两个巨大的黑影浮在上面。

她突然意识到，从刚才开始窗外就传来草虫的声音。这声音与通往她家的高速路旁的小路上听到的声音相似，没有的只是数千个冰刀般的汽车轰鸣声。

*

"感觉有些奇怪。

"刚才，在医院的时候，我这样一个人说话也没觉得怎么样……

"也许是因为你偶尔会在我手掌上写字回答吧。"

他对着空中短暂地伸了一下左手，然后又放在膝盖上。试图在不明确的虚空中对上眼睛的焦点，他的眉间深深地皱成一个"川"字。

在急诊室里，一下子涌来很多声音。
不管是几岁，女人好像都会被烧伤。
四岁，不，大概只有三岁的孩子哭到快晕厥过去。
远处有人一直发出奇怪的高喊声。
还听到医生用非敬语说出的话：
"所以说为什么要做这种事？"

她想起自己亲眼见过的那个人。头发花白的老妇人被烧伤了，她说是在蒸膝盖的时候，医疗器具突然爆炸造成的。哭到岔气的三岁孩子一节拇指被切断。护士接过年轻妈妈用毛巾包好的一节拇指说："我给您包在冰袋里，请您去大医院吧。我们医院没有能做缝合手术的医生。"背着晕厥过去的孩子的年轻妈妈眼睛里不自觉流出眼泪，只是一个劲点头："我知道了，请快点，请快点准备。"在这紧急对话的同时，医院入口处的诊疗室中，一名中年女性一边洗胃一边哭喊着："呃啊，呃啊！"喉咙上插着软管，所以听不清她说的是什么。还很年轻的医生用粗鄙的非敬语训斥着那个女人："所以说，为什么要做这种事？"

*

"……没想到会这么麻烦你。"

她打开水瓶的盖子，喝了一口水。休息了一会儿，又喝了一口。她听着似断未断的草虫声从窗户外传进来。

"不知道该如何报答你。"

似乎很难一个人一直说下去，他常常陷入沉默。

"补习班不知道我眼睛的情况有这么差。因为没有特意告知的必要，所以没有告诉过任何人，所以……"

他停了下来。她眺望着漆黑的窗外的电线杆。密密麻麻的黑色电线隐藏着高压电流，固守沉默。请不要告诉任何人，他应该是想这样说。他应该很快明白过来，这对她来说是没有意义的拜托。

"到现在为止，只要戴上眼镜还差不多可以生活。……问题是以后。"

她感觉到他的沉默和草虫的叫声奇妙地形成某种节拍。哔噜噜，哔噜，像匆忙拨响的高音弦一样敏感的声音迟迟地覆盖上他的声音。沉默再次突然来袭，这一次拨响高音弦的敏感声音率先响了起来。

*

"第一次知道我的眼睛总有一天会非常不好的时候，我问过母亲，那时候是不是会非常黑暗。……其实，这个问题应该问我的父亲才对。因为视力不好的是父亲和祖父、曾祖父这一边。但父亲是个冷漠的人，而母亲是对任何问题都会尽量详细回答的人。"

她屏住呼吸，一会儿又慢慢吐出来。因为想起了自己母亲最后的面庞。在最后的十三个小时里，母亲的眼睛和嘴半张开着呼吸。十几年前移民到阿根廷的哥哥夫妇俩正经由洛杉矶横跨太平洋往回赶。她不停歇地在母亲耳边低语。临终关怀医院建议即使意识不清楚，听觉也还在，不管什么都和她说说吧。

她没有选择要讲哪种类型的话题的余地。儿时一家四口在盛夏玩水。铺了很薄的水泥的韩屋院子。从软管中涌出的透明的水柱。迅速地用水桶接水的父亲和哥哥。从发尖到脚趾都被淋得湿透而叫着跳来跳去的七岁的她。突然像年轻了二十岁一般，像假小子一样咯咯大笑着用水瓢向丈夫和孩子们泼水的母亲。

她用湿巾润了润母亲黑色的嘴唇，举起水瓶倒在自己干瘪的嘴唇上，她继续低语。一想到再也无法继续下去时，她就会更快地说。终于，在她沉默的时候那件事发生了。如鸟一般的某种东西突然离开肉体，那具躯体再也不是她的母亲了。"妈妈，你去哪里了？"她都来不及想到为母亲合上双眼，只是呆呆地张开嘴唇问。

"……那时母亲回答了我。"

"不是那样的。有明亮也有黑暗，只是会变得非常模糊而已。"

我大概猜得出那是什么意思。

因为闭上右边的眼睛，那时已经非常不好的左眼看所有的一切就都是模糊的。

在旁边听着的妹妹跑向厨房。

她在抽屉里找到不透明的塑料袋，马上盖在自己的眼睛上。

"嗯，这是沙发，这是书桌。那是白色，这个是橘黄色。这样走路的话也不会摔倒。"

母亲从正兴奋好奇的妹妹手中夺下塑料袋，严肃地盯着她。

他举起水瓶，喝了一大口。她从他的脸上看出一种柔和的宽容。回想亲人之间的记忆是幸福的。昏暗而坚硬的他的面庞变得柔软，隐隐约约明亮了起来。

"我母亲是个很凶的人。无论是谁，她从来不容忍拿我的视力开玩笑。但那时妹妹是真的觉得很幸运。父亲近在眼前的未来和哥哥遥远的未来，她刚刚明白那并不像想象中那么可怕。但母亲太过严肃，以至于理解不了妹妹。"

她无声无息地听着他的话。她马上明白，他的脸上有某种像鸟一样的东西，那温暖的感觉让她立刻感到痛苦。

*

"……你在听吗？"

右手缠着绷带，左手拿着喝了一半的水瓶的他突然不安地问。他伸直手臂，把水瓶放到床旁边的书桌上。

"……你是不是要走了？你家里人是不是该担心你了？"

她的脸色短暂地暗了下来。因为她想起了儿时和亲戚们玩的捉迷藏游戏。那是在父亲故乡集姓村小叔的家中。她的眼睛被毛巾遮住，堂兄妹们躲起来。她朝着好像能听到又摸不准动静的方向伸开手，听到忍不住笑出来的声音。就那样在空中摸索了好一阵，她突然感到一阵凉意，就那样站在原地不动。自己解开遮住眼睛的毛巾，猛地打开大门，在房间里四处看看，她才发现大家都已经到门外去了。

"你在那儿吗，在听我说吗？"

他脸上的光暗了。温暖的鸟蜷缩着呼吸。犹豫了一会儿，她小心翼翼地动了动脚和膝盖，发出一点动静。把拿在手里的水瓶放到椅子上。

*

在开始下一个话题前，他有些犹豫。视线固定在看不见的
她的脸的方向。

"……离开在德国的母亲和妹妹，来首尔的时候，我只买
了单程机票。虽然也短暂地想过要不要买不确定回程日期的往
返机票，但不知为什么我不想那么做。"

他稍微伸出舌头润了下嘴唇。一句和一句之间有很长的间
隔。像在昏暗的地方写字，为了不让下一行和上一行重叠，尽
量留出宽间隔一样。

飞机向东，一直向东……乘着偏西风飞上天空。每次看向
窗外时，都像坐在巨大的箭上飞起来一样。不是向靶心飞去，
而是用尽全力飞向靶子之外。

她慢慢地、小心翼翼地动了动脚，再次发出些动静。

"……乘客中的一半是德国人，剩下的一半几乎都是韩国人。唯一的一个韩国女乘务员用韩语问我，请问您想喝哪种饮料？我笑了。因为在那架飞机上，现在我终于成了一个不起眼的人。"

他拿起水瓶，润了润嘴唇。

"……最开始在法兰克福以外国人的身份生活时，母亲总是忧心忡忡。因为我们是外国人，而且还是在人群中非常显眼的东方人，所以更不能出现失误，这是母亲的强迫观念。每次周末外出，她常因为些鸡毛蒜皮的问题和父亲争吵。"

不是，就这么把车开出去，出口没有缴费处怎么办？因为太远了啊，二楼那里肯定有缴费处。回去先结账再走……你听我说，我们不是外国人嘛！他们会认为我们是故意不付钱的。不是，就是说万一出口没有缴费处的话……这非常严重。为什么非要冒险？

他的嘴角露出苦涩的微笑。

"父亲总是非常坚定地回答没关系、不要担心，这种态度让母亲的忧心忡忡显得十分夸张，但过去之后才知道，母亲的话是对的。因为看不见的不正当待遇确实时不时就会有。在我和妹妹上学的学校里，和父亲做生意的德国企业和行政机关里，那种只能被称为人种差别视线的，藏着像冰一般寒冷彻骨的嫌恶与蔑视的目光，我无法忘记。"

每当他的沉默变长时，她都会稍稍移动身体发出声响。用手无意义地摸木质椅子的扶手，把头发往上捋一捋，然后再静止不动。

"……母亲总是筋疲力尽。为了代替父亲维持生计，搬家到美因茨，开了一家卖亚洲食材的小店后，家中就再难看到她的笑容。母亲总挂在嘴上几句话：

真不知道怎么回事，这该死的国家和完全不认识的人对上眼都要微笑。现在真想再也不用笑着过日子，想随心所欲地生活。在家里我也不想笑。我不笑不是生气的意思，你们不要误会。"

她偶尔轻微移动身体时，投射在天花板上的影子会大好几倍地移动。她的头和手哪怕只有一丝颤抖，影子都会像跳舞般晃动。

"青春期的时候，对我来说最难的也是微笑。要演出快活、充满自信的态度，需要永远都准备好微笑和打招呼，对我来说很辛苦。有感觉笑和打招呼像某种劳动一样的时候，也有些日子好像一瞬间都无法忍受人们形式化的笑容。那种时候，我会甘愿被他们揣测为擅长巫术的东方不良之徒，低低地压下帽子，把拳头深藏在口袋里，摆出我能做出的最冷漠的表情来。"

挤满天花板的两人膨大的影子突然再也没有移动。无声息地，紧紧守着一条黑色的警戒线分隔开来。

"……终于飞机降落在仁川机场，我带着漫长的时间里已经熟练到如我自己本身露出的微笑走出飞机。每当和谁身体靠近的时候，我都想用德语说'不好意思'，和谁对视时都下意识地露出微笑。在走出入境口的瞬间我明白了。在穿过被家人和朋友们迎接的拥挤的韩国人中间……我明白了，现在我终于不会引起任何人的注意，现在我又安全地回到了不需要向不认识的人微笑或打招呼的文化中。

"不知道为什么。这些事实在那个时候，为何那样让我感觉到刻骨的孤独。"

*

她感到窗外的草虫叫声像针一样刺破这个房间里的寂静。在如织布机里紧绷的布一般的寂静上，扎出无数小小的洞。

影子依然一动不动。她连呼吸都不敢发出声响。他的脸像冻住一样苍白。

*

"……这样说着突然想起到德国的第一年冬天，除了父亲之外的三个人一起坐火车去意大利旅行的事。"

他的独白逐渐变快，像在黑暗中急忙书写而一塌糊涂的文章一样。一行重叠一行，墨水覆盖墨水，记忆上叠满记忆。

"关于意大利的其他东西都记不太清楚了，艺术品、教堂、食物。只有那里，罗马地下墓穴让我难以忘记。"

*

"……听说那里是亡者们的城市。每当路走到尽头，都会出现三岔路。听说还有迷路后饿死在这里的游客，那时感觉确实会发生。"

石室的墙面上全是大大小小抽屉模样的坟墓，当地旅行社的韩国女导游问我们：

"大家知道为什么棺材中没有遗骸吗？"

声音洪亮的妹妹回答：

"是不是被博物馆拿走了？"

导游说不是。

"⋯⋯是被谁偷走了吗？"

其他游客这么回答，导游再次摇了摇头。

"全都在这里。"导游仿佛非常骄傲地说。

"就在大家眼前，棺材中大家看到的尘土，经过分析有钙和磷的成分。经过数千年的时间，人类的骨头会腐烂，成为这样的尘土。"

她将脸转向窗外。黑暗中电线仍像乱麻缠绕在一起。高压电流中流淌着人声、影像、无数闪烁的铅字，泰然自若地沉浸在寂静之中。

"⋯⋯我快要吐出来了。因为我很害怕看到尘土。仿佛那些尘土将要掩埋我的身体。

"但我没法逃跑。太黑暗了。看上去一模一样的三岔路不断出现在前面。"

　　"快要吐出来了。"

在比舌头和喉咙更深的地方，她低语。

几个月前，她曾接连几日间隔一两个小时就呕吐。那是在庭审败诉失去孩子之后。时隔一周她带孩子回家时，勉强给孩子做了他喜欢的蛋包饭后，她整晚只吃了卷心菜。放入破壁机中打碎吃，或用蒸锅蒸了吃。除此之外，她的身体没有可以承受的食物。

孩子说："这样下去妈妈要变成兔子了。全身都会变成绿色。"她和孩子一起笑了笑，然后再次走进卫生间呕吐。漱过被胃酸侵占的口腔，她开玩笑地问孩子："那为什么兔子没有变成绿色的呢？兔子也只吃草啊。"孩子回答说："那是因为，兔子还吃萝卜。"忍着吐意，她笑了。

＊

……这样一个人说这么久的话，很奇怪会想起那个时候。

在数千具肉体的骨头都完全腐烂的巨大墓穴中，拥有温暖身体的我们聚在那里。

墨水覆盖着墨水，记忆上叠满记忆，血迹上蒙着血迹。从容之上压着从容，微笑上压着微笑。

*

……有些累了。

他暂时陷入沉默。

如果现在睡去的话，可能几天都不会醒过来。

*

他咬紧牙关摸着什么。在触摸到的地方不断摸索，就像她摸索沉默的冰块时那样。一层冰融化后出现三岔路，再一层冰之下又有三岔路，在更厚的冰下面还是分开的路……就这样无穷无尽地一直分岔。

"……有一次，我真的好几天都没有醒过来。有人用木棍打了我的头。不是无赖，是一个很熟悉的人。眼镜碎了，脸上有伤口。那个伤疤到现在还留着。"

她的视线落在他从眼角到嘴角的一条淡淡的线上。夜足够深，她知道一直似断未断的草虫声现在要停下了。只有那漆黑可以像鬼一样来去自如，穿梭在昏暗的房子因抵不过酷暑而打开的无数个窗户和密密麻麻的防虫网中间。

"我完全失去了意识，醒过来的时候已经在医院了。那是间三人室，旁边的床位正好都空着。看着昏暗的窗外，我在想，从现在开始是会变得明亮，还是会永远走进深夜呢。"

*

那个瞬间，她突然想起一个很久之前记忆的单词，但只有一半，她试图找回这个记忆。很久以前，太阳下山后和太阳升起前的昏暗用一个"呼"开头的汉字词来表达。这个词的含义是，因为无法认出从远处走来的人，所以要大声发问来的人是谁。和西方用"狗和狼的时间"的表达有相似的渊源，一个以"呼"开头的词，却始终怎么也想不起来的单词在比喉咙更深的地方翻来覆去。

那时，正好走进病房的妹妹和母亲看到我发出了惊叹声。

妹妹跑出去叫护士。

已经忙碌了一天的实习生顶着乱糟糟的头发向我说明情况。

有些灰蒙蒙的蓝色光在那时完全暗了下来。

她小时候有次白天睡了很久起来，跪步向门爬去。那是通向韩式厨房的门。用臀部沿着台阶下到厨房的地板，看到母亲坐在石油炉子前煮霜后黄豆的样子。睡意还未完全退去，她问妈妈，现在是明天了吗？母亲大笑。过去老旧厨房的角落里藏着的黑暗都是夜晚，比凌晨更坚硬、更深沉，可以持续很久。她无意识中也感觉到了这些，所以问是不是"明天"。

"医生说我已经昏迷三天了。外伤并不严重，不清楚是什么原因。"

他的脸上露出微妙的、黯然模糊的微笑。

"……没有做任何梦，睡得那么深，那时是第一次也是最后一次。"

像水在干燥的木板上浸开一样安静，他整个脸上露出了
笑容。

*

"再过一段时间的话……"
他的声音更频繁了。
"我能看到的东西就只有在梦里了吧。"

从某个瞬间开始，他好像忘记自己在和别人说话，像和不
在场的什么人说话一样。

*

……玫瑰。
西瓜从中间切开，像盛开的花一般的红色瓤心。
燃灯会那天的晚上。
片片雪花。
过去女人的脸。
那时并不是从梦中醒来睁开眼睛，而是从梦中醒来，世界
合上了。

感到一阵疲惫，她长长地闭上眼睛再睁开。现在她并没有真的感觉自己在这个地方。再次闭上眼睛，意识猛然要从真实中被推出去。也许睁开眼睛时，她房间客厅的天花板会占据整个视野。也许她会像平时那样，蜷缩在客厅的沙发上睡着。

几个小时前，在没有人的教室里等待开始上课的三十多分钟里，她感到相似的混乱。总是先到教室等学生来的希腊语讲师不知为何没有进教室。喜欢坐在柱子后面的中年男人，靠着黑暗的墙壁、从牙齿缝中挤出单词的大块头研究生和经常眨着充满好奇心的眼睛、满脸青春痘哲学系学生都没有来。

黑板、讲台和书桌上全都空荡荡的。两台电风扇像相互不想理对方一样斜斜地朝着相反的墙面静止。学生们曾站着或坐着、相互说话或各自用手机和谁打电话的座位，现在空空荡荡，变成奇怪的痛觉进入她的眼睛。她紧紧闭上眼睛。她的时间和其他所有人的时间好像错位了一样。如岩石的断层一般尖锐地错开，她的时间似乎再也不能和他们的时间重叠了。在茫然地听到远远的车辆发动机声音的一瞬间，她把课本、笔记本和布笔筒扔进提包。没有关寂静的教室里的灯，只有她的皮鞋发出尤其响亮的声音，走向黑暗的走廊。

*

"……你在听我说话吗？"

像因湿气而变得湿润的音响中发出的声音一样，他的声音听起来变形了。

那音色是希腊语讲师的音色吗？她闭着眼睛在心中怀疑。是几个月的时间里在那寂寞的教室中听到的他的音色吗？是这样柔弱地颤抖着的声音吗？

*

有时候不觉得很奇怪吗？

我们的身体有眼睑和嘴唇。

它们偶尔从外面关闭，

也可以从里面紧紧锁上。

*

她好不容易抬起沉重的眼皮，像还在梦里一样，想起落日下的老房子前的胡同。她正打算和年轻的母亲一起去附近的外婆家。到市场买点儿橘子吧，她听到母亲说话的声音。原本因为无法拉上外套拉链而手足无措的她，在那一瞬间眼前突然浮现出橘黄色柑橘。那不是真正的橘子，虽然不是真的在看，但看起来那么清晰，这让她非常惊讶。她马上换了想的东西，想到树也是一样。就像魔术一样，她眼中的风景本应该只有昏暗的胡同和一望无际的水泥墙，但她确实正在看着树。刚学会不久的文字的形状在那里重叠。"树木。"她发出声音念叨，然后一个人笑了。"树木。树木。"

*

"……我说的话，听起来很奇怪吗？"

她睁眼看着他的面庞，看到了过去的伤疤和刚刚随意用手揉搓沾染上的新灰尘。她再次闭上眼睛。刚才看到的他少年般的面孔原原本本地，像儿时的魔术一般浮现在她眼前。

"如果不冒犯的话，我有想问你的问题。真的，请你不要误会……"

他的声音低了下来。

"就是，你是从一开始就……从一开始就不会说话吗？"

*

天花板上贴着没有花纹的米色墙纸，书桌上的书一动不动。草虫的叫声停止了。黑暗的房间中打破寂静的只有非常遥远的汽车发动机声音。风从开着的窗中吹进来，是像湿毛巾一样湿润的风。她想用凉毛巾擦洗自己被汗浸透后黏黏糊糊的脸，想擦掉他脸上新生出来的污渍。

"……你，是个做什么工作的人？"

*

她直直地看着他在空中摸索的眼神和紧张的嘴唇，深夜里开始长出青色胡须的下巴和脸颊的轮廓。就像形成他脸部的线条和点中隐藏着需要解读的符号或象形文字一样，就像相信只要用简洁的线条描画他的脸庞就能露出几句安静的话一样。

高中二年级的早春，她曾以《象形文字》为题目写过几首诗。她写着，希望字里行间能透出朴素的幽默。小写字母"a"是头和肩膀向前倾的疲惫之人；汉字"光"是根部向地下伸展，地上绽放光芒的灌木。呜呜呐喊的声音是窗框上并排凝结的水滴同时滚落的形态，是睫毛下溢出的眼泪的滚动。那是没有给任何人看过的，明朗、安静、纯真的诗。

但随着时间流逝，她写出来的诗不再是那样的诗了。渐渐地，她的语言似断未断般颤抖，最终断成一块块，或像掉出的一块肉一样碾碎、腐烂。

*

"……你为什么学希腊语？"

放松间她低头看自己的左手手腕。在被汗水浸透变得潮湿的黑红色头绳下面，很久前的伤疤也变得柔软湿润。不会记起来。如果要记得的话，如果一定要记得的话，不会感觉到任何感情。

终于没有任何感情地，像想起只有很远的情分的他人一样，她想起那天的自己。"疯了啊。"黑暗中的人对刚恢复意识的她说："竟然这么长时间把孩子给一个疯女人抚养。"从三寸舌和喉咙中说出的话、随便的话、湿滑刺骨的话、有铁的味道的话填满她的嘴。在这些话语像破碎的剃须刀片般哗啦啦倾泻之前，她先刺向要倾吐话语的自己。

*

"……那天，你用希腊语在本子上写的是什么？"

她摸着自己的嘴唇，像触摸磨损的锯齿的一部分。仿佛回想很久前退化的器官一样，在脑海中摸索话语颤抖、涌出的路径。

她知道，自己失去语言这件事并不是因为某种特定的经历。

通过数不清的舌头和笔，在数千年间变得松散的语言。她用自己的舌头和笔，在一生中将它变得宽松柔软的语言。每当想要开启一个句子，衰老的心脏都会感觉到。皱巴巴的、干瘪的、面无表情的心脏。越是这样就越用力地抓住单词。一时间手心松了，钝的碎片落在脚上。紧绷的齿轮停止转动。被持续磨损的位置像一块肉，像勺子舀出来的豆腐一样，凹陷下去。

*

无法和解。

所有的地方都有无法和解的东西。

明媚的春日，在公园长椅上一层一层叠着的报纸下面发现的露宿者的尸体中；深夜的地铁上，被汗水浸透的肩膀互相触碰，看向不同方向的人们无神的眼睛里；暴雨降落的马路，一直亮着红色尾灯的汽车队伍中；数千个冰刀划破的每一天里；如此轻易就破碎的肉体中；为了遗忘这所有的一切，相互说着却总是断掉的愚蠢的玩笑中；为了不忘记这所有的一切，用力压抑的话语，在这些话语不知不觉涌起的泡沫的恶臭中。

某个清晨或深夜，长久独处或身体生病后，难以置信般干净而安静的话语突然如方言一样流出，但那无法让人相信是和解的证据。

*

如浓浓的醉意一般的疲劳让她的意识变得迟钝。

她的声音像在梦中一样，从非常远的地方，断成一块块响起。

……有的瞬间感觉好像可以理解你。

有时候再也不想说任何话了。

她费力地看着他的脸，努力直视他没有焦点的眼睛。

用粉笔在暗绿色的黑板上写句子时，我感觉很恐惧。

虽然是刚刚我自己写的句子，但只要离开眼睛十厘米以上，就看不清了。

发声读暗自背好的内容时，我感觉很恐惧。

对泰然自若地从我的舌头、牙齿和喉咙中发出的所有音韵都感觉恐惧。

从我的声音散发出去的空间的沉默中也感到恐惧。

只要说出去了就无法收回的单词，比我懂得更多的那些单词，让我感觉恐惧。

*

她想，现在听到的话不知道是谁说的。在极度的疲劳中，在极致黑暗且安静的这个房间里，她感到所有的一切都是虚无的。她听不见任何话，没有窥探任何他人的内心。

有时候会感觉走在雾中。

像在那个城市的冬天经常会出现的，从清晨的湖水推向市内的大雾，一直到傍晚都不会退去的日子。像要紧贴湿润的石壁，慢慢走过墙上的壁画被大雾笼罩、连痕迹都看不见的灰色建筑之间的夜晚。像没有人骑自行车的夜晚，看不见人的踪迹、只能听到沉重脚步声的夜晚，不管已经走了多久都好像永远无法到达冷清的家的夜晚一样。

*

无论经过多长时间的洗礼，她都有不明白的东西。

那天，血淋淋地躺在炽热沥青马路上的白狗为什么会咬她呢？

那是它最后的瞬间。

它为什么那样用力，用尽全力咬下她的肉呢？

她为什么那样愚蠢，直到最后都想要抱着它呢？

*

"……你能听到我说的话吗？"

她清清楚楚地听他说话，他并不知道这是一件多么难的事。她直直地看他，同样地，他也不知道这是一件多么难的事。书桌上斜斜照射的台灯的光下，他的脸蒙上一层阴影，她现在用尽全力遥望他。

"……你在那里吗，在听我说话吗？"

她看到他直起身体。他穿的衬衫上星星点点露出的血迹现在已经变成褐色，她看到他慎重地迈着脚步向她走来。她看到他其实比她还要疲惫，正艰难地一步一步不要歪斜。

*

"……对不起。
"一个人说这么久的话还是第一次。"

他勉强把疲劳推到脸后说道。弯着腰，向她的方向伸出左手。她凝视着他没有戴眼镜的眼睛，可以分清昏暗与光彩的眼睛，明晃晃地可以看到她的脸部轮廓的眼睛。

"你可以把回答写在这里吗？"

她看到一双不再在空中犹豫的眼睛，独自说了很久话的人的眼睛，一次也没有得到过回答的人的眼睛。

"现在，要为你叫一辆出租车吗？"

她用舌尖舔了舔下唇，张开嘴唇又紧紧闭上。她用左手托住他伸出的手，用犹豫的右手食指在他的手掌上写字。

*

不。

微微颤抖的笔画和点同时在两人的皮肤上划开又消失。无声亦无形，不用嘴唇也不用眼睛。颤抖和温度都即将消失，不留任何痕迹。

我坐
首班车回去。

20

黑子

大雨声让他睁开眼睛。很昏暗。窗户开着，得在雨刮进来之前关上窗户。他下意识地寻找眼镜，在床边的书桌上摸索了一会儿，然后想起昨天晚上的事。从右手上感觉到阵阵痛意。

他光脚从床上下来站立。双臂在空中摸索了一会儿，然后向窗边，冰冷的雨和风吹进来的方向走去。他努力分辨着昏暗的东西和更昏暗的东西。双臂向两侧、向前伸去。墙壁还很远，散热器和窗户下面的长椅也还很远。终于他的脸和手臂感觉到了湿气。长长地伸出的手触碰到水珠的粒子。他摸索着找到窗框上的铝把手，出声关上了窗户。他的手掌、手背被完全打湿。猛烈的雨声向后退了一步。

他没用多久就察觉到女人并没有躺在长椅上。没有翻身的动静和温暖的呼吸的痕迹。"到首班车的时间了吗？"他出声低语。自己的声音听上去就像别人干燥的声音一样。

他坐在长椅上。双手摸索着椅子，女人把单被和毯子叠在一起走了。这是昨天晚上他从衣柜中拿出来的。他躺在叠好的被子上，能闻到淡淡的汗味和小孩用的沐浴肥皂的苹果香。他将双手举到空中。苍白的右手上的绷带，和没有那么苍白的左手。他首先想起左手手掌上微痒地存在过的温暖的笔画和点的触感。

微微颤抖的、犹豫的手。指甲剪得过分短，没让他的皮肤感到一点疼痛的手指。慢慢露出的音节，像没有针的图钉一般的句号。慢慢明亮起来的一句话。

也许你并不知道，有时我会想象和你长时间对话。

我想象着我说话，你倾听；你说话，我倾听。

在空荡荡的教室里等待希腊语课开始，我们在一起的时候，有时我会感觉真实地在和你进行对话。

但抬起头看，你像一半，不，大概有三分之二，不，比这还要多的部分都破碎了的人一样，像从某处好不容易存活下来的哑巴事物，像残骸一样在那里。那样的你也让我害怕。克服这种恐惧向你走近，坐在近处的椅子上时，好似你也突然直起身子向我靠近了相同的距离。

有的夜晚我会想起让我那么害怕的你的沉默。和充满光、摇曳着的东西完全不同的另一种沉默。像在冰块下方敲打而僵硬的手一般的沉默。像满身疮痍的身体之上堆满雪的沉默。我担心在某个瞬间，那会变成真正的死亡。我不安地担忧着那真的会变硬，变得冰冷。

他猛地向着黑暗睁开眼睛。什么都看不见。像认命了一般他再次闭上眼睛，看着眼皮之下的黑暗。在黑暗中，把身体托付给无法抗拒的清晨睡意，听着沁入耳朵的雨声。

如果说雪是从天而降的沉默，那雨也许就是天上落下的无尽的长句。

单词落在人行道的地砖上，水泥建筑物的屋顶上，漆黑的水坑里，又被弹起来。

被黑色雨滴包裹着的母语文字。

圆圆的，或平整的笔画，短促结尾的点。

弓起身体的逗号和问号。

当进入梦乡的瞬间来临，在摇摇欲坠的梦中，他看到两个人。一个年老的男人和一个年轻女人。白发男人像请求原谅一样，双手放在胸前，用因衰老而低沉的声音问道：

"……你说，这是什么味道？"

年轻女人开始描述，用生动、热情和准确，极其快速地、大胆地用非敬语回答，令人震惊。

"是橡树林。树根像关节一样突出于土上。外面有紧紧绑住它的藤蔓。"

"那是什么样子？"

"枝条，乱长的枝条……像朝我们奔来一样。像把我们的身体也紧紧包裹、鞭打一样。但是……"

"……但是？现在你看见什么了？"

年老男人的声音逐渐颤抖。

"不要沉默这么久。不要对我隐藏丑陋或可怕的东西。是什么？现在发生什么了？"

他的声音变快，更颤抖、更高了。

"说吧，用你的嘴唇、舌头、喉咙……现在就说。你在哪儿？把手给我，求求你发出声音。"

他感到尖锐地割破胸膛的痛苦。抓不住她的手。那个女人，没有那个女人的手。他像孩子一样哭了。在突然睁开眼睛的瞬间，他醒悟自己在现实中并没有像梦里那样哭泣。只是脸上流着一些热泪。没有任何安慰，他又沉沉睡去。

这次不是梦，而是一段记忆。

扑来的黑色鸟。

陷在黑暗中的台阶。

尽头处散开的手电的灯光。

走近的那个女人的苍白面孔。

他打着冷战从记忆中醒来。

又重新进入梦中。

这次突然可以看得很清楚。

聚集在几十米深冰冷地下的陌生人们。

从嘴中冒出的热气。

每一个都像尸体，像戏剧演员一样脸上涂着白色的粉。

另一个梦如小偷般叠了上来。

昏暗的舞台。

在座席上等待演出的人们。

没有渐渐变亮，反而更深沉的黑暗。

奇怪而漫长的寂静。

永远不会开始的演出。

再次听到雨声。

过去女人的黑色面孔。

冰冷的雨滴。

落在雨伞上，

在黝黑的额头上，

完全打湿的手背上，在手背凸起的蓝色静脉上。

第一次听到的清晰而美丽的德语进入他的耳中。

"我说过吧，总有一天你自己也会成为无法成立的错误。"

被湛蓝的线包裹住的熟悉房间。

现在要读的以明亮的洞构成的数十封信。

冷冷地躺在他旁边的，

散发着苹果香的、模糊的人的轮廓。

颤抖着的。

手心上的。

句号。

温暖的。

黑色的沙。

不，结实的果实。

冻住的泥土里面

深

埋

着的。

逗号，

弯曲的

眼睫毛，

纤细的

呼吸声，

中间

黑暗的

刀鞘

中

发光的

刀，

长久

屏住呼吸

等待的……

　　他打着冷战睁开眼睛。坐起来，好不容易才明白自己醒过来是因为听到了玄关处的动静。

没上锁的玄关门慢慢打开。那边稍微亮了一点。随着门关上的声音，又再次变暗。他听到有人脱鞋的动静。雨虽然下得很大，但窗户比刚才亮，可以大致看到人昏暗的轮廓。他看到黑色的形体走近，瞪大双眼，用没有缠绷带的左手抹了抹脸。他从靠近的头发中闻到散开来的明显的香皂味。身体好像突然感觉冷一样颤抖。黑色的形体伸出白色的东西，抓住他的左手展开。另一个白色的东西慢慢伸出来，在他的手掌上写。

是眼镜店

开门的

时间了。

他跟随触感读句子。

你

拿着

处方吗？

他点了点头。

下雨了，

我

一个人

出门

更好。

　　他等了一会儿，等待更多的话。他感觉到从她的脸上、身体上渗出的冰冷湿气。

　　处方

　　在哪里？

　　他小心翼翼地把左手从她手中抽出，站起身来。本想靠近桌子，但突然，好像只能那样一般，他向着浮现在昏暗空气中的她白皙的脸靠近，抬起无法抑制颤抖的左臂，第一次抱住她的肩膀。

　　他不知道，她的嘴唇像被用透明胶带封住的人一样僵硬。也不知道昨晚在这个房间里，和坐首班车回家后她都睡不着。不知道用热水和孩子的泡沫香皂洗了很久的澡之后，她坐在书桌前打开了希腊语课本。不知道她像在冰下摸索数十条道路一样写着已经死去的希腊语文字，然后难以承受地接着写生动鲜活的母语句子。

他向着黑暗睁开双眼，仍旧抱着她的肩膀。感觉像在测量不能错的重量一般。感觉只能错了一样。这让他感觉非常恐惧。

他不知道她来这里之前在哪里。不知道她等在挤满五颜六色雨伞的举办放假典礼的学校门口，终于认出画有巴斯光年画的雨伞下面孩子的短裤，膝盖上有豆粒大小的褐色斑点。"今天怎么来了？明天才是见面的日子啊。"不知道她直直地看被吓到而小声说话的孩子的脸。不知道她用手掌擦掉孩子脸上流下的雨滴。不知道她为了叫出孩子的名字，为了说出准备好的话，视死如归般张开嘴唇。不用去那么远的地方。不去任何地方，和妈妈在一起也可以。一起逃跑也可以。不管怎么样都能有办法——为了说出这些话。

她的衬衫被雨和汗打湿。绑着绷带的右手悬在空中，他在自己拥抱她后背的左臂上又添了一点力量。可以听到楼下不知是谁用力关上门，走到走廊的声音。

他不知道雨柱拍打在沉默的她的雨伞上，滑落下去。不知道她运动鞋里的光脚已经全被浸透。"我说过不要突然找来吧？我告诉过你在路上分开的心情更奇怪。"不知道她为了抱紧、抓紧他的手臂、抓住他的手，反而像鱼一样迅速滑出去的，如鱼鳍一样柔软的皮肤。不知道雨水聚起形成的水坑，那之上如锋利巨大的针一样扎进来的雨丝。

雨声穿透紧闭的窗户闯进来，是似乎要击打街上的所有道路、建筑物，让它们产生裂缝的有力声音。有人趿拉着鞋从楼梯上走下去。不知什么地方又一扇门再次被用力关上。

心脏与心脏触碰，他仍旧不懂她。不知道很久前在她还是孩子的时候，不知道自己是否可以存在在这世界上，凝视昏暗降临的院子。不知道刺入她身体的语言的盔甲。不知道她的眼睛中映着他的眼睛，映出的他的眼睛中又映出她的眼睛，而她的眼睛里还能看到他的眼睛……就这样无穷无尽地映照。不知道她害怕这一点，紧咬着早已血丝斑驳的嘴唇。

为了寻找她脸上最柔软的地方，他闭上眼睛用脸颊摸索。冰凉的嘴唇触碰在他的脸颊。很久以前在约阿希姆的房间里看到的太阳的照片在他紧闭的眼皮中燃烧起来。在燃烧的巨大火焰的表面，黑子在移动。爆发后移动的摄氏数千度的黑子。如果近距离地看它们，即使用再厚的胶片遮挡，虹膜也会烧坏。

他闭着眼睛吻了上去，在湿漉漉的鬓角上、眉毛上。像远处传来的模糊回答一样，她冰冷的指尖擦过他的眉毛、他冰冷的耳郭、眼角到嘴角中间的疤痕，又消失不见。无声无息，黑子在远处爆发。相连的心脏，相触的嘴唇永远错开。

21

深海之林

那时我们并排躺在大海深处的树林中。

那里不存在光和声。

看不到你。

也看不到我自己。

你没有发出声音。

我也没有发出声音。

直到你终于发出极小的声音,

从双唇之间。

直到又圆又微小的泡沫泄露出来,

我们都躺在那里。

你十分恳切。

恐惧而寂静。

十分昏暗，

像夜幕降临后更深的夜晚。

像所有生物因水压而身体扁平的深海。

一瞬间，你的拇指在我肩头的皮肤上移动着写。

树林，是树林。

我等待下一句话。

明知没有下一句，却睁着眼睛注视黑暗。

在黑暗中，我看到白蒙蒙地散开的你的身体。

那时我们非常亲密。

非常近地躺着，相互拥抱对方。

雨声没有停。

有什么东西在我们内部破碎了。

在没有光也没有声音的那个地方，

在无法承受水压而变成碎片的珊瑚中间，

现在我们的身体欲向上浮去。

我不想就那样浮起，

用手臂抱紧你的脖子。

抚摸着你的肩膀，轻吻。

让我无法再亲吻下去，

你抱着我的脸，发出轻轻的声音。

第一次，

像泡沫一样微小的，圆圆的。

我停止了呼吸。

你还在继续呼吸。

我一直听到你的呼吸声。

从那时起我们慢慢浮起。

先隐约触碰到水面上的光，

之后猛烈地被扫向陆地。

害怕。

不害怕。

想放声大哭。

不想放声大哭。

在完全从我的身体里离开之前，

你慢慢地亲吻我。

在额头上。

在眉毛上。

在一双眼帘上。

仿佛时间亲吻我一样。

每当嘴唇和嘴唇触碰，茫然的黑暗聚集。

像永远擦去痕迹的雪一般，寂静堆积。

默默地涌上膝盖、腰间和脸庞。

0

我将双手拢在胸前。

用舌尖湿润下唇。

拢在胸前的双手安静而快速地翻动。

一双眼帘颤动，如昆虫猛烈摩擦的双翼。

张开马上干裂的嘴唇。

执着地，深吸一口气，然后呼出。

终于在发出第一个音节的瞬间，用力闭上眼睛再睁开。

像知晓睁开眼睛时，一切都会消失一样。

作者的话

我认为在书出版之前，在故事结束后的位置写下"作者的话"，是为了致以感谢。

感谢帮助翻译古希腊语部分的 Rhodos 出版社的金洙荣老师。感谢一直以来鼓励我的编辑、文学村出版社的各位。注视着我、成为我力量的各位，在你们都不知道的间隙里安慰了我，让我坚持了下去，感谢你们。感谢我被允许写作，感谢写作推动我的人生不断前行。

我不想忘记与这部小说共同生活的将近两年的时间，不想忘记小说中他和她的沉默、声音和体温，还有那些特别的瞬间的光点。

二〇一一年深秋傍晚

韩江